長短句○陳韻文

【修訂本】

《長短句》為作者將歷來報刊文章重新整理之後結集，有話則長，無話則短，故云「長短」。個別篇章曾引微言，亦為人樂道。原書出版不久，作者因未盡滿意而決定回收，於是有此「修訂本」，有舊文刪除又添新章，讀者細察，從新版諸篇中可見修訂緣由，可閱箇中微妙心思，細讀，別有一番興味。

目錄

有孫出租

我的偶像死吓一個又一個，Noam Chomsky 最長命，健在！這位越戰時期的反戰精英、思想家、教授，一天在美國某大學堂舞台上，披著寬鬆毛衣，窩身在舒適沙發上，好整以暇月旦今時今日的社交媒體。他含笑提及正在讀高小的孫兒，說考試前夕小家伙跟他炫耀：「瞧！我有百多個好朋友祝我好運。」台下慕名來聽講的登時爆笑。他含一含唇邊幽默，問主持人：「素未謀面，小屏上三言兩語一晃就消失，沒一句深談，怎算是好朋友。」

我由是想到他老人家有二百多萬 followers，如何區分這些追隨者的優劣，又跟這些追隨者有何等樣的互動？不妨問問。

Chomsky 方才潑冷水，妹妹這邊廂幫我弄面書，教我跟遠近親朋通通聲氣，說那樣我可以沒那麼寂寞淒清。起初，見用不著我挖料即有自動送上門的歷史地理聖經甚至性經，好哇一口應承，活脫像進入大觀園的劉姥姥，不亦樂乎。

一天，撩動指頭嘗試開闊心胸眼界，可是媽呀！不曉得哪兒彈出一個婆娘，日日在病牀上拍 selfie，天天數血小板數白血球，如笑似哭想念在英倫寄宿學校的寶貝兒子。丈夫呢？書友問，她拿起丈夫送的問候卡當紙扇，一言難盡一言難盡搧呀搧。我呱呱嘈，對我妹力言這個女人有病，可以傳染，遲早輪到我入青山。妹妹懶得理睬，只教我任得面書自生自滅。

無可如何，想居所大樓下面那大房間，滿壁整齊木格內放著各户住客訂的報紙，另一邊牆則掛著告示板，板上大小紙條似動非動的招徠，有問要否買二手家俬，旁邊附貼彩照，照出猶太老人抹了又抹的寂寞几案。咯！右上角又見一紙，問要不要補習精數、連串紙條問有沒有車位出租、有沒有儲物室出租……那天合該有事我邁進那大房間，正要借用掛西服運行李的推車，經過告示板我順掠一眼，嘿！大大黑字躍然紙上：

——有孫出租。

十五歲的鼻涕蟲可靠嗎？想起偶像 Chomsky 說他的孫兒，我拿不定主意了。車輪轆轆。

一天，電腦生病，似是奇難雜症，掛個電話去加州找妹妹，求救。問三問四，問得這電腦專家撞火，噴話：喂！去租個孫！

湊巧一天，電影資料館的傅小姐叮咚一聲，說要傳給我看個六十多歲老外，請助手幫忙弄電腦。打個噴嚏我好奇，小屏內果然見剛從學院畢業的妙齡女子來應徵，瞪大雙眼我看個仔細，一看嘀咕，寶貝，有心求職縱使不正襟危坐總該必恭必敬吧，做個樣也該虛心一點吧，可這妞不懂禮貌，只顧忙她的手機。老家伙問她上學院學到什麼，她快口快舌如數家珍：Vine、Twitter、Snapchat、Instagram……老家伙聽的一頭霧水，傻了眼，可又拒認敝鄉，強顏扮熟行，一笑提醒：「你似乎忘了Facebook。」女子噗哧一聲，爆笑：「什麼？那是老野的玩意呀。」

從二人對話，見不同年齡的人對電子社交媒體的不同認識、見作息時間與生活習慣迥異、見價值觀的差距。

年輕人只理會指掌之下的電子媒體，罔顧待人接物的基本禮貌。這短短幾分鐘的對話內容或令人發噱，可已經不言而喻的發人深省。乾淨俐落的啟示，指出這是未來社會的縮影。咳！沒想到吧。短短幾分鐘的對話，已挑出諷刺劇的題材。

兩年前，在三聯的講座，有年輕人問我如何構思劇本故事。

這下子我心底牢騷一湧而上，不吐不快。

「別一天到晚磨在電腦跟前，生活中信手拈來的知識應該不少，順手拿起的故事多得很，須清楚分別這兩種生活，封閉的生活不是生活，對生命沒有認知，心無所感，不管如何搭棚疊架堆砌故事，始終徒勞，因為故事中需要可讓人了解生命的語言。」

我曾經想，拿面書當沙龍，讓不同地域的書友，就文學藝術與音樂各傳所知，憑藉聯繫令生活多姿多采更圓滿。這想法正確嗎？一位比我年輕，自覺活在當下又曾經得獎的現職電視編劇，對我那番話有不同想法，一條氣傳給我六七段短訊，如此這般曉我以大義呢：

「我們專業用文字和人溝通的人，似乎有義務遷就不同程度的讀者／網民（說『義務』，因為我個人取向『公開分享包含一種社會責任』，不然，講粗口都得啦），所以，妳就遷就一下網民的程度吧！應該話遷就不同程度及『不同背景』的讀者／網民。社會責任不是上升到一個高層次，意思係分享啲『好嘢』啫……」

這番話提醒我堅持自己的價值觀，提醒我若與腦波段不同的人無法交流，不如省口氣。氣缸容量越老越縮，珍惜內中能量，容不下的不必動氣，且由他去。

說不定有一天，我寧對電腦，因電腦可增廣知識，可幫我省口氣。

對！不妨租個讀高小的孫兒，幫我保住僅剩的童真。

喪了

二〇一八年翻出我在八十年代的專欄文章。一紙皺摺殘黃的剪報令我聯想到Stefan Zweig（褚維格）一九三九年小說《Amok》，可以講褚維格這小說令我想到九九年杪，郵船上一德國醫生的憶記；或可說，六十年代我在郵船上所見，令我聯想到《Amok》，令我如見褚維格筆下人物。

六十年代末杪乘大郵船 President Wilson 赴美升學，遇見同船一對年輕的美國夫妻帶著三個活潑天真的孩子，在甲板在泳池或在大餐廳內經常遇見，一家子看來樂融融十分幸福。海程長，船上安排多項活動讓客人消磨時間，年輕的我活力充沛，愛跑上跑落亂鑽。記得接近日本那幾天，這艘船遇著驚濤駭浪，心如野馬的我睡房中呆不住，硬要上甲板瞧瞧。那幾天走道上特設粗纜助行，許多人不去餐堂乾脆在房中進食，與我同艙的女學生偏愛送餐服務。那悶在艙中的食物氣味頂難受，驅使我往外跑往外跑。

一天，我逕自在外面蕩來逛去，好不容易到得上頭，未定神喘氣即發覺通往甲板的鋼門早已閉牢，無可如何跌步旋身我摸去別的通道尋別的鋼門，轉來轉去終至迷路，就在我要暈要吐的當兒，在那半明不暗似是盡頭的角落，赫然見那三個孩子的母親，與一年輕菲律賓男人縮在牆角繾綣纏綿。

不敢看，惶恐轉身我抓緊沿牆扶手摸路回艙房。剎那掠見狼狽影像，如芒刺的目光緊逼我脊背。

President Wilson 經日本經夏威夷終於到三藩市，船進港灣，乘客們得排隊辦入境手續。趁人擠，那年輕母親偷偷把紙條塞給那菲律賓男子。從男子敏捷反應見當中默契，從不動聲色的配合可知二人早有更長遠安排。那倏地一下不為人注意的小動作，偏讓我瞧見。吃一驚我四顧左右，看她丈夫兒女可有所見。其時我還未讀褚維格的小說《Amok》，否則聯想更多。

後來讀這小說格外感到更深層次的愛戀與人性，可能因年輕時所見令我更明白褚維格刻劃的心理轉變，也可能因小說寫從加爾各答往那帕勒斯郵輪上發生的曖昧糾結，勾起似曾相識的聯想。我因此禁不住重讀《Amok》，那是二〇〇〇年初。

九九年末杪，在航行於湄公河的小郵輪上，從柬埔寨去越南旅程中，我們跟一位五十來歲的德國醫生相當熟絡，有空就摸著酒杯底天南地北無所不談。有一回，當聽到他特別提及某方面的行醫經驗，《Amok》小說中影像奪我腦門而出。啊的一聲我忍不住問他可有讀過這小說，醫生失笑回道：「夫人，妳問得不可思議。」

雖然跟他談得來，最初不曉得他是醫生，至有一天，我提到在緬甸參觀一寺院，提到在石階下被要求赤足，好些善男信女脫了鞋子拾級上，當見到上面石階流下猴子的尿液，我立即拒絕脫鞋放棄參拜。

對！他接口提醒，病菌可自趾甲入體，從他分享的經驗，遂知他是醫生。李國松問他在德國哪個城市行醫，他絕口不提地名，只道是離美軍駐守基地更偏遠的小鎮。之後忘記是旅途中哪一天，他無意中談到久不久就有陌生的美國太太來他的醫務所，神祕地向他表示或暗示不慎懷了孕，請他幫忙打胎。正是在這關節眼上，我脫聲問他可有讀過《Amok》。

小說裡的醫生在距巴基斯坦首都頗遠的小鎮行醫。一個夜晚，來了一位貴夫人……恕我不往下說了，就此打住。小說中貴夫人出現之前之後發生什麼，故事如何開篇，又以何等樣的結構推進，絕非三言兩語可概括，我要是無自知之明多講了話，肯定糟蹋追讀褚維格小說的興趣，也破壞這作品的完美。

Amok 是馬來語，以之形容瘋狂的狀態，比如癲狗、嚴重的精神失控，比如鬧市上逢人亂斬的狂徒。雖是馬來字，amok 早已入英美字典，被運用自如至與英文同化。新聞報導中屢見以 amok 形容難以控制的狀況。二〇二〇年春天，新冠疫情越來越猖獗，英美的新聞報導即以 running amok 或 go amok 來形容疫症肆虐及疫情失控。褚維格在小說裡也用上 running amok。他將 amok 用得淋漓盡致，既寫極度抑鬱後，於絕戀中爆發的，幾至於難以控制的 amok，也寫清澄意識下的 amok，即如故事終結前的解脫狀態，不瘋不狂，沒有暴力，只是喪了。

從他筆下人物的心理轉變，可見褚維格有很強的洞悉力，就如他別的作品，筆觸細膩而深沉，對故事中每一人物，無論是主是副無論落墨多少都無微不至。此所以讀時覺得他寫的人物似曾相識，可能在我們生活中遇見，或早已遇到，事件恍惚發生在眼前，是現實，又或將來會發生同類事件。

《Amok》有好幾個中譯。曾與吉隆坡一編輯琢磨，乾脆用 Amok 作為題目，抑或用別的譯名呢？他建議用「失心瘋」，我想若果如褚維格以第一身的背景敘事，或可用「失心瘋」。至於拙作提到的見聞，因是間接的八卦；打個譬如，疫情猖獗時不幸中招的人，可以失心瘋，至於病情瀕臨失控，不堪長久被隔離的人，只可算是喪了。此所以拙作題目，就叫喪了。

追憶月亮與太陽

午後，辦完事我步出高樓，舉目抬頭不見半邊藍天，道旁亮麗的名店玻璃內，考究的擺設儘管沒有標明價錢，沒有人不心中有數吧。櫥窗前踟躕的身影的確少了，中環這時段幾乎無人不匆匆趕路。我廁身於熙攘的灰霾白晝，腦後恍惚有莫名牽掛，似有事未了有約未赴，身後身側總有陌路人不及待的默默催行；心神不定我拾級落石階，尋地下車進出口，可轉兩轉又惝怳回地面，惝怳朝上環方向去。

驀地憶兒時，隨祖母進金菊園，店上天花懸掛著一肢肢金華火腿；我伸頸眺望，恍見電影裡衣僅蔽體的泰山，飛身穿過熱帶雨林的吊藤老瓜。而此刻，懸懸於我腦門前，是猿猴攀藤過樹的超現實召喚。

當日，金菊園的店家一見我就笑，為討好祖母，那肚如圓桶的家伙，耍個手勢自刀口拈下小片火腿，再耍手，那片火腿已鋪陳在光滑蠟紙上，誘誘然送到我眼前。鼻端下蠟紙映照我嘴饞我微笑，火腿盈香，盈於鼻前，可我不敢放肆，轉瞧祖母，等她點頭。

昔才，高樓上呆對繁複紙張楞不知抉擇，舉目抬頭我盼見那可親的臉孔含笑趨前，來給我一個解決的方案吧，予我圓滿契約，就如淨亮蠟紙上那火腿薄片。

可現今眼前，金菊園在哪？

迎面逼近的人眾，在催命，自背後搶前，從身邊擦過，幾乎沒有人不爭分秒。當年可悠閒漫步的大路街衢雖未改道，可已跟香港許多街道一樣逼迫著人，能讓人閒適徐行的道路於今猶如明日黃花。眼下，擁擠分秒間，我驚覺金菊園不知何時已經不存在，早已被人拋諸腦後。

此刻，眾車堵塞中，我尋僅可穿身而過的隙縫，橫過馬路，方才回氣抬睫，即見幾步之遙的行人道旁，峨然悚立的大木板並排緊貼，嚴封住體大無聲的中環街市，板牆上招紙無膽落墨潑彩，語意含糊已露疲態，似脫而未落的紙角愾愾披拂，不願提勁，令久已頹廢的龐然大物更顯其黯含委屈，令今日香港翳胸的濕氣滲出不能言說的鬱滯。

不知多少次擦過這半死不活的中環街市，見屏住外牆跡近頹敗的木板，腦後彷聞翻紙頁之聲，翻開為寫《香江歲月》第一輯而搜羅的資料；恍見淪陷時操控港九新界大小街市的日本憲兵，踏響皮靴從樓頂走下，往大門前告示板上張貼當日菜蔬價格。年前有人考我搜集資料的認真程度，問當時的中央街市大門前還貼些什麼。

「肯定沒有瑰麗七彩的電影海報。」我如是回道。

緣何想起電影海報，業已渾忘。此刻，車水馬龍的熙攘聲把我拉回今非昔比的中環街市。眼前塵囂，乍令我思念那彷如在平原走馬的初中年代。

午後三時半下課的鈴聲方才響動，似小皮箱的深藍書包已被我一把提起，衝著渾身勁道與散不盡撒不去任我揮灑的青春，我一條氣自半山列提頓道奔赴中環。

春天的陽光無限好，只恨約束我規行矩步的藍布旗袍，由不得我任性扯起；好不容易走到中環，三步併兩步穿過戲院里，飛身掠過補鞋匠膝前地上大小尺碼的男女鞋，掠過孤燈下細雕圖章的中年漢，手下書夾內書簿當中的零花錢，緊隨我心雀躍。

雀躍衝身我衝進皇后戲院，熟門熟路我喘著氣買高等票。見慣見熟的售票員，幾乎不待我開腔，已經給我第一排的座位。對！第一排。請給我第一排。之後三步併兩步飛奔上三樓，伏首橫欄，俯瞰《紅菱艷》，看《傲慢與偏見》，看那《美人如玉劍如虹》……都看個仔細看個仔細。

戲院冷壁送傳的暖語，在不能專心溫習的夜晚，令傲慢的達賽教我罔顧三角幾何，令我神為之往，令飄逸如蒲公英的春天，無比風流的隨風飄散。

然後，多少年後的一個下午，垂簾看電視，久已淡忘的達賽，在我寡居的熒屏上驀地出現。錯愕，手中熱茶頓失香濃，說不出是歲月的鴻溝相隔，至令品味立見分歧，抑或老來荷爾蒙反應有別於年少時。轉尋電視遙控器，暗光之下摸索，似要檢回浪擲的青春，猶豫摸索間我轉念，兀自摒棄聲音影像。

驟對靜室，不禁為當日傻呼呼走那要命斜坡路而搖頭；又不禁想起André Maurois，他論述普魯斯特的《追憶似水年華》，內中有那麼一句：「愛情的本質在於愛的對象本非實物，它僅存於愛人的想像中。」

美國史丹福大學的文學實驗室，研究珍奧斯汀作品緣何歷經兩個世紀仍吃香。有分析認為：珍的六本小說，如《傲慢與偏見》至今仍被電視舞台電影以及商品等等翻炒又翻炒，正因為她筆下沒有海市蜃樓，沒有空中樓閣，人物的心理背景以至感情，無不道道地地切切實實。

照 André Maurois 那麼說，當年令我數理化全部捧紅棍吃紅蛋的達賽，是個無血無肉的男人，本非實物，僅存於我的想像中，而達賽，以及達賽的愛情，只為珍奧斯汀筆下的伊莉莎白而存在。若依 André Maurois 那麼說，今日埋頭埋腦讀珍奧斯汀小說，追看改編自她作品的電影電視劇，甚至買其紀念品的女性觀眾，實在跟二百年來的師奶無甚分別，一個個迷戀作者生花妙筆下的情人，僅存於想像中，只是空氣。比小女孩愛吃的棉花糖更無價值可言？

誰的話有理呢？

我不費神研究，只相信自己的感覺。這陣子天文學家說，將會有一個月亮一個太陽，同時出現在同一天空下。我掀開垂簾，窗外日月果然明媚。我也懶得分辨哪一個是太陽又哪一個是月亮。

道與生命

十八年前，伊朗導演雅博思耶魯斯坦米接受在東京大學做研究的醫生多田富雄的訪談。這位經常接觸生死的日本人，除了喜歡雅博思的電影如《春風吹又生》等等，對已經有六百多年歷史的「能劇」，以及對日本傳統藝術都深有研究，其評論亦甚有影響力。他熟知「能劇」的劇目中，有好些素材涉及生死，又發現雅博思好幾部電影都探討生與死的命題；遂奇怪，怎麼「能劇」與雅博思的電影都在提及出生的問題之後，都對死亡沒有下結論。是否因為死亡無從經歷，對死亡就無法感知呢？他禁不住問。

雅博思分幾個層面來回答。先從另一個角度看僅繫於一線的生死。

他坦白說出：眼看著老父離世，兒子因呼吸道障礙必須趕緊送去醫院急救。

他因為對自己什麼都做不到而倍感無助，而感到生命的脆弱。

雅博思在對死有了認知之後，講出他切實看待生存的意義。從這段話可以更了解他，那並非通過作品認識他那麼簡單。又從這番話更明白他緣何在九一年伊朗大地震之後，翌年即緊接推出《春風吹又生 And Life Goes On》。

「『生與死』這個主題我一有機會就會置入。我曾經一直以為，一旦活到五十歲就是自己人生的終結。一九九一年，在我五十歲生日那一夜，剛剛在切生日蛋糕的一刹那，地震就發生。說真的，那時刻無論是自己體內，抑或是在我心裡，我經歷了猶如地震一樣的震盪，直感到自己的人生到此為止，已經死去了。可是儘管我那麼想，當我來到地震嚴重的災區，見人失去手腳，半張臉已被壓得不像樣，仍努力要活下去，竟然予我『自己已經重生』的感覺。這簇新的認知，加上實際發生的地震，那當下突發的內心衝擊，以及同時間我自身的經歷，種種體驗交融交逼之下，我的想法有了很顯著的改變。」

雅博思對死有了認識之後，從新切切實實看生存意義的一番話令我想起兩個人。一位是前兩年自殺的，很有才華的年輕導演／作家胡波。另一位是三十年代作家／翻譯家／詩人，十二歲父母先後辭世三十二歲病逝的朱生豪。

得悉胡波輕生的消息，我心底搶著許多罵人的話，結果一句都沒說。然而，從我選擇雅博思在訪談中論生死的話，從我挖出有關朱生豪的生平，大可明白是什麼令我沸騰又令我洩氣。

朱生豪，浙江嘉興人。一九一二年二月二日生於一個破落的商人家庭。一九一七年進初小讀書。一九二一年畢業，得甲級第一名。一九二二年冬，母病逝。兩年後，一九二四年父親患病辭世。

一九二九年在秀州中學畢業，被校長保送去杭州之江大學深造並得獎學金。大學二年級參加「之江詩社」，他的才華深得教師及同學稱讚。

「之江詩社」的社長夏承燾老師如是評價他：「閱朱生豪之〈唐詩人短論七則〉多前人未發之論，爽利無比，聰明才力，在余師友間，不當以學生視之。其人今年才二十歲，淵默若處子，輕易不發一言。聞英文湛深，之江辦學數十年，恐無此不易之才也。」

一九三一年「九一八」事變後，之江大學成立抗日救國會，朱生豪當選為委員，擔任文書工作，積極投入抗日救國活動。

一九三三年大學畢業，獲文學士學位，一九三三年夏，任上海世界書局英文部編輯，參與編輯《英漢求解、作文、文法、辨義四用辭典》又為《少年文庫》作註釋。一九三五年春，開始莎士比亞戲劇翻譯之準備工作。

一九三六年八月八日譯成莎劇《暴風雨》第一稿。此後陸續譯《仲夏夜之夢》、《威尼斯商人》、《第十二夜》等九部喜劇。

一九三七年八月十三日，日軍進攻上海，朱生豪逃出寓所，隨身只帶牛津版莎氏全集和部分譯稿。寓所被焚，世界書局被佔為軍營，已交付的全部譯稿被毀。八月二十六日從上海避難至嘉興，輾轉至新市等地避難，稍得安寧，即埋頭補譯失稿。

一九三八年夏，重返在上海租界復業的世界書局。一九三九年冬應邀入《中美日報》任編輯，為國內新聞版撰寫大量鞭笞法西斯、宣傳抗戰的時政短文〈小言〉。

一九四一年太平洋戰爭爆發，《中美日報》被日軍查封。十二月八日，日軍進駐公共租界的中區、西區和法租界。大隊人馬衝入《中美日報》之時，朱生豪混在排字工人中逃出，丟失再次收集的全部資料與譯稿，以及歷年來創作的《古夢集》（舊體詩詞）、《小溪集》（譯詩）、《丁香集》（新詩）等詩集，為宋清如整理的詩集兩冊都一併被毀。

一九四二年五月七日與宋清如在上海結婚，六月與妻子去常熟岳母家居住，至年底補譯出《暴風雨》等九部喜劇，將丟失的莎氏喜劇全部補回。

一九四三年一月，攜夫人回嘉興定居，朱生豪寧願貧窮至死，不願為敵偽效勞，僅靠微薄稿費維持極困難的生活。他閉門不出，把全部精力放在譯作上。工具書僅有兩本字典，譯出莎士比亞的幾部重要悲劇《羅密歐與朱麗葉》、《李爾王》、《哈姆萊特》等。同年秋，健康日衰，仍握筆不輟又次第譯出莎氏全部悲劇雜劇，以及英國史劇四部，連同喜劇在內，共三十一部。

一九三六年春著手翻譯《莎士比亞戲劇全集》，為便於中國讀者閱讀，打破了英國牛津版按寫作年份排列的次序，只分為喜劇、悲劇、史劇、雜劇四類編排，自成體系。他是中國翻譯莎士比亞作品較早的人，譯文質量和風格卓具特色，為國內外莎士比亞研究者所公認。新中國成立前出版二十七種，部分散失，一九四四年十二月二十六日勞累過度患肺病早逝。

我將朱生豪的生平搬字過紙詳細列出，因見粗略敘述難以感覺他坎坷的人生，看不到他遭受一而再挫折之後，仍咬著門牙將深藏在自己內裡，別人搶不走燒不掉，唯自己可以將與生俱來的才華，以及勤毅鑽研所得的學問，鍥而不捨地一而再深挖回來。朱生豪驚人的毅力十分罕見。他的價值觀亦為今人稀有。今日年輕人應視朱生豪為典範。對此明鏡若感慚愧或感激勵，請視之為掌握自己命運的啟示，知來者之可追。

冥想

稿紙上有隻黃絲蟻，掃之開去，又復回來，再掃再回，幾番煩擾，惹怒老娘，橫手一掃，以筆點死之，蟻正好死在《辭淵》腳下，算是死得風流。

我腦門角落忽閃一念：此刻有文人雅士因自命風流而死。

腳下掌中的渺小生靈，總好似被一條線牽著，牽至另一端的人、物，或者是將要發生的事件；動一端，另一端即有不測；死一隻蚊子吧，就有個吸血小人死掉；死螳螂，一定有揮刀擋路的狂漢去貨；輾斃喪家之犬，馬路上自然又添冤魂；燒蟻穴，恐怕哪兒又有沖天大火。自從曉得愛生殺生，就有此微妙感覺。跟姐姐說，姐姐一反眼，問：「那怎麼死的都是好人？」說罷將水蝨放進玻璃圓缸中，餵魚。

小時無知，這特異的聯想如天花亂墜，幾近於迷信，回頭想起，雖覺好笑，可也對自己偶然揮出的無情身手吃驚；提腳踩蟑螂，反手拍蚊子，潛意識裡竟然詛咒線的另一端，直覺觸及一個犯眾憎的人。死吧死吧，死一個該死的，即使那家伙在遠遠的角落，即使與我素未謀面，又即使，詛咒之後我毫無興趣跟進，不問也不管線的另一端可有人中招。老實講，想起也心寒。

一個大年夜，幾個人聚在咖啡店內吹牛皮，友人繪影繪聲講兩個超現實的小故事：講一個人，在冷清的晚上，在寥無幾人的泳池旁邊看人戲水，突然見池水不曉得被什麼一下子抽乾，池底伏著個死人。他一驚抬頭，見高高的跳板上，正有年輕人向泳池俯衝，尋且於半空中炫耀生命的驕態，他來不及反應，年輕人已插身進水。怎麼突然又有水？哪來的水？池畔看戲水的那個大驚冒身，瞠目結舌望向泳池，泳池周邊已圍攏著一大堆人，怎麼突然來那許多人？如牆一般的陰森背影，緊密的遮蔽住他的視線，他身前身後的人哄動不已，要下水救人，要潛水尋人，有人衝身掠過他，蹼通跳下水；擾攘間，堵在泳池邊的人牆突然紛紛散開，他赫然見先前在池底的死人，竟然抱著先前跳水的年輕人上來，二人身上都淅淅瀝瀝滴著水滴著水，年輕人顯然已經斷了氣。死人不瞅不響把他放在池畔，之後頭也不回肅穆引退。哄動的人羣只管圍攏著已斷氣的年輕人議論紛紛，只有他，先前在池畔看人戲水，這一刻他寒慄不已，覺察到死人已帶著生命的呼吸，已默默帶著一體的滿足離去。

冥途中，總有看生來死往的旁觀者。

友人並無言及故事的另一面意思，即時轉述第二個故事：講熒屏上的新聞報導員，口沫橫飛照紙條細讀；控制室內的編導按鈕，以畫面配合旁述，畫面上見幾個穿制服的漢子，手上套著膠手套，帶著長籃穿過大廈窄廊，進公寓收屍。鏡頭緊跟著那伸向前檢屍的手。編導不巧在這分秒按錯鈕鍵，收屍的新聞畫面正好啪的閃掉，熒屏上駭然疊上報導員驚懼的大特寫，剎那間他似乎見到什麼，惶恐張嘴，霎時忘記報導；編導慌忙按鍵更正錯誤，熒屏上迅即呈現幾個穿制服的男人，扛著帶氣味的長籃離開，不再聞報導員的聲音，沒有結案的旁述。

怎麼無聲？

編導急看別的熒屏，掃視各畫面，赫然見報導員已死在椅子上，瞠目結舌，沒有呼吸。

冥冥之中，偶然在不適當的時刻，死個不該死的人。

我猛然扎醒，因何有那許多偶然？不可能是造物主一時意亂，按錯鈕吧。玄意哲理，說不定會在不經心之時突然來靈犀解構。

近日偶遇講這兩則小故事的友人，請他來兩句註解，好能夠釋出故事的含意，看看我有否想差了。豈料友人輕淡地帶過一句：「這期間，我已經講了無數的靈異小故事，妳怎麼還在想那兩節。」

從蝴蝶想起

我們寫字間，有一典雅的女子。喜穿窄長而與眾不同的牛仔褲，在通街通巷的牛仔褲當中行走，唯她綽約生姿，宛如灌木叢中一縷清風。

她眉細嘴小，直鼻高顴，頭髮往兩邊分開，腦後盤著小髻，溫柔似書頁中細緻的標籤，不管插身進哪兒，都能夠把她找出來。忽爾一天，她領口前吊一小金鏈，頷首輕笑時，幼條金鏈串著的小蝶，在她頸際輕輕顫動，我看得呆住，魂遊太空，聽不見她說什麼了，但見小蝶似將要振翼飛翔，我自有浮想，思緒已在她絮絮叨叨之時，在雲端翱翔。

我想那年冬日，散步郊徑，帶著閒情拐彎，乍見小石階上有白色黃色數隻彩蝶，或前或後或左或右的輕撲向我腳尖前的低階，似為迎接我而盈盈輕舞欣欣鋪路，那一瞬間的喜悅，躊躇至今。

朋友自台灣歸來，曾帶著無盡喜悅告訴我們，在蝴蝶谷網到七彩繽紛的蝴蝶。她回家解網，讓百蝶展翅，我聽著聽著，恍惚已置身其居，舉目見百蝶羣舞，心中意象幻幻然隨之飛翔飛翔；偏此際，不愛蝶的朋友在旁邊猛掃腕臂，連聲說心裡直起疙瘩直起疙瘩。那不過是花的靈魂呀！張愛玲的朋友炎櫻說蝴蝶是花的靈魂，回來尋找她自己。又有人想起莊子。

而泰戈爾筆下，蝴蝶跟前，彩虹也給比下去。那些零碎句子，有留著的，也有留不住的，都彷如蝴蝶翅膀。而提到蝴蝶折翼，不期然想到弗滋哲羅，海明威喻他為蝴蝶：

「他的天才，自然似塵粉在蝴蝶翅膀上凝聚的花紋。他曾經跟蝴蝶一樣明白，不知何時會被拂去，又何時創傷，稍後他又自覺翅膀損了，意識到翅膀的構造，然後學會思想，然後不再飛，只因飛的愛悅已然過去，唯記那不費吹灰力的瀟灑時節。」

海明威這段文字，精靈所至處，猶如蝴蝶翅膀上花粉，愛才惜才，都在細微間露色彩，如斯感情如見蝴蝶振翼，不自禁地伸手兜截，望能於掌中捉住剎那永恆。其惺惺相惜之情盡露，難怪有回弗滋哲羅的神經老婆秀達，提及海明威又藉詞無理取鬧，溫文的弗滋哲羅按捺不住斥責：「你不要管晏尼。」

男人與男人之間總有我們女人不能理解的一點情誼，就好似蝴蝶與微塵之間那緊貼的神髓。

即使塵杳蝶亡，神髓猶存。

姥姥對姥姥

乘搭從都柏林回多倫多的航班，姥姥喜孜孜上飛機，前夜看了 Akram Khan 改編自古典芭蕾的現代《吉賽兒》。跨夜的陶醉，此刻猶腳跟浮浮。

經常飛來飛去的姥姥，這還是頭一遭乘坐小紅機。座位旁邊還有座位本是等閒，她卻莫名其妙直覺新鮮。簡便行李往那上頭一塞，輕鬆愉快。靠窗那邊屁股方才落座，來了個老太婆，挺著矮圓身子，驀地立於隣座椅畔，伸長頸脖瞧那上頭放行李的小箱，嘟嘴皺眉。

見那模樣，姥姥暗疑，上面小箱應該夠兩個人用呀。瞧瞧老太婆腳畔的織錦手提袋，見暗紅絨面上花卉盎然，不禁神遊回祖母那世紀。

這小老太婆新鮮奇突。

從她腳上一對鞋子說起吧，暗紅鞋身，暗綠鞋頭上排列似被粗針刺過的小孔，十分典雅，身上似時髦又保守的連衣裙，柔柔裙擺翩然垂及小足。是《大亨小傳》電影裡跳出來的臨記吧。姥姥暗怪自己沒禮貌不該盯視人。正要別轉頭，即見小老太婆抽口氣舉起手中布包，朝上面小箱子扔。姥姥一見大為緊張，擔心先前放進去的照像機遭殃，脫聲：「讓我幫忙。」可話音未落，轟隆一聲，布袋已給轟進頂格，小老太婆隨即熟門熟路把鞋子脫在座位前牆邊。嘿！那雙半跟鞋似乎訓練有素，乖乖的順其自然一隻緊跟一隻，倹牆而立不歪不倒，姥姥正看得傻了眼。啪的一聲腕臂旁邊給放下一本 Kindle。忙看小老太婆，才放下 Kindle 她三兩下手勢打開派給乘客的電腦筆記本。姥姥這才發現身前那爿牆喇，沒有放電影的小熒屏，不禁暗暗叫苦。因只曉得弄手機，比手機大一點的不管什麼一概不曉。何況是筆記本。怎弄呀！心裡咕嚕她不禁皺眉；夜來《吉賽兒》的創作能量令她徹夜無眠。現時眼下筆記本給她的困惑更令睡意蕩然無存，回多倫多這幾個時辰眼光光怎生消磨呀。正叫苦，隣座那小老太婆已打開筆記本，朝一系列電影名單煞有介事自言自語：「我要看神奇女俠。」

有冇搞錯。一把年紀看什麼《神奇女俠》，還是這年頭新鮮出爐的女俠呢。姥姥不敢相信，可又叮囑自己好好打個交道，讓小老太婆幫忙找部電影打發時間。正思量，人家已搭訕問她哪兒來又往哪兒去。話匣子由是打開。千里迢迢去溫哥華探望兒孫的老太婆，認真地跟她說：

「愛爾蘭的歷史地理，我看妳也懂一點罷。我從北愛來。」

避談政治，姥姥只講曾經去過的鄉鎮小城古堡，說沒料到都柏林 Pub 裡的炆肉那麼好吃。

不以為然，老太婆皺眉問哪兒有不像樣的愛爾蘭菜。

「是呀，真乏味。蒼白的湯肉加蒼白的馬鈴薯，看兩眼已經沒胃口吃。」

「哪兒？」

「算起來已好幾十年。」

「妳若果是我的學生，這樣子回答問題，會扣分。哪兒？」

「半島酒店。香港。」

摸不著頭腦，老太婆虛應一聲打量她。

儘管瞧吧，鷄皮鶴髮我有妳也有。姥姥覺得好笑，也查根問底，問老太婆：是教書先生麼。

「校長。」斬釘截鐵十分權威，更添一句：「我也教第十一級。」

佩服。姥姥見她駕馭電腦手勢熟練，不禁暗羨：「教什麼科目呢？」

「什麼都教。」

「是理科麼？」

「理科、文科，全部教。」說的不容置疑，之後勾起皺了皮的小指頭，點幾下筆記本熒屏，漫遊太空：「我已經退休。」

未想通透該如何請她開筆記本，姥姥訥訥轉身未及張嘴，小老太婆已管自喃喃：「待我看完電影教妳煮我的炆肉吧，吃過的人無不讚賞。」

靈機一觸，姥姥打蛇隨棍上：「好！讓我也看電影。」機伶伶遞上令她一籌莫展的筆記本，瞧著老太婆她笑容可掬：「拜託！這玩意我划不來，請指教。」

「《My Cousin Rachel》」說的不假思索：「好戲！看過沒有？莫泊桑的小說改編。妳曉得？」

「只看過《簡愛》。」話甫出口姥姥又登時結舌，暗忖不是《簡愛》吧，《Rebecca》才是莫泊桑的作品吧。偷瞧身邊反應，似沒聽見，對她說的《簡愛》似無所聞，但見她挑起指頭熟門熟路在筆記本上撥來撥去點點點，手快快遞回筆記本，教她看《斷腸花 My Cousin Rachel》。

姥姥因此學會按筆記本看電影，卻可恨，日昨《吉賽兒》給她的興奮幾乎被味同嚼蠟的《斷腸花》抵銷掉。才看十來分鐘，猛然記起多年前美國的報章雜誌影評，似乎都對這電影不敢恭維。轉頭要拆隣座這通天曉西洋鏡，哪曉得她睡著了，睡的香甜，身前筆記本端正蓋著，哪有看什麼《神奇女俠》。

好不容易待她醒轉，姥姥忍不住問：「妳說這電影好，好在哪兒呢？」

小老太婆彷彿聽見又彷彿沒聽見，懵懂回話：「我哪有看過呀？」

如骨鯁喉，姥姥愕然。

她又似認真似含糊的呢喃：「書倒是讀過，好幾十年前啦，怎記得清楚。咱們學校圖書館沒這本書呀。」

姥姥莞爾。正納罕，身畔忽來一句：「要我教妳炆肉麼？」

「炆什麼？」

「雞！」

開玩笑。中國人不曉得炆雞跑去問老外取經？姥姥頓時覺這小機艙超現實，座椅浮浮，對話又似來自星球，狐疑細瞄，牆腳下那對欵式久遠的半跟鞋，又似乎曾經鬼鬼祟祟移動過。

這老太婆是何方神聖？

姥姥聽見自己陌生的語聲，似在耳外浮游：「能告訴我祕訣嗎？」

老太婆猶未回過神，恍惚在雲朵上，囈囈說：

「Maggi Sauce！」

不勝依依

晨鐘敲響，滿地可城內知音陸續來到這小廣場，在往時不起眼不為人注目的房子跟前，他們放下鮮花與白洋燭。

小路那邊，不願就此捨離的街坊轉向陌生的攝影機，對似曾相識的電視記者細述來由；說在附近居住多年，不只一次路過這房子，不曉得這原來是高翰居所，這早晨聞街上人車絡繹，愕然見他屋前簇擁著遺照的鮮花洋燭與留言，不禁念及遠在老家地庫木箱內存放的四十五轉小唱片，那些高翰早期的作品。啊！〈Sister of Mercy〉，對著攝影機，他喃喃細數曾收藏高翰的大黑膠，如數零花錢數當年慷慨。

這歌迷的話，悠悠勾起我意念中久違的弦音。

我不期然重溫高翰虛實迷離猶豫思變的語境，他作品的特色，不期然我憶念六十年代末期，那凌晨，抱住私伙黑膠，請當年經常合作的錄音師陳壯明先生幫忙，播放高翰新鮮出爐的唱片，他的第一張專輯。對著擴音器，我如此介紹：「……近日漸走紅的流行曲作者、加拿大歌手、作曲家、作家、詩人，我喜歡的 Leonard Cohen 演繹他自己的 Suzanne。」

那以後，只要節目中有他的歌，我自然隨興唸誦他寫的一兩詩句；又，只要電台給我音樂節目，不管是商台、港台，什麼台都好，抱住我的私伙，他的新舊黑膠去電台又捧回家，如此這般，不只一次抱來捧去。六十年代，七十八十九十年代，幾次三番樂此不疲做短暫DJ，我沒一次不一放再放他的歌。

去月，全球發行他一輯新作《You Want It Darker》，我卻沒想到他藉這一批最後作品刻意寄語。近年因夫喪我疏懶過活，沒留神細聆他的新作，單憑似有所喻的兩句歌詞，誤以為他要重挑曾觸動的過去，沒想到他究竟要抓住什麼，就擱下購買這 CD 的衝動；哪曉得他此時正安排後事，正爭朝夕。至我稍有所聞，尋覓有關他的訊息，方知他背脊骨已然不濟，已不能久坐，得靠那藍色椅墊支撐，得在家錄音。在家，才可以把歌唱好。

哪想到哪想到我們都有抓不住的過去光陰。

這早晨，看著與他的居所近在咫尺，生前卻不曾相遇的街坊，若有所失的將指頭伸進羞澀的外衣口袋，快快的擦過攝影機，蹣跚去。

目送那人步經老牆，牆下苦守終宵的憔悴花枝相互偎倚難言神傷，都曉得屋主人在洛杉磯辭世，眼前這故居樓靜無人，屋前卻盡是不散的依依人影，都祈願高翰重歸這片讓他成長的土壤。

未悉絡繹不絕的感喟，可曾因夜燭奄奄而式微。通宵晚風大概沒體恤人意，短白洋臘猶如寒蟬已唏噓隱隱。

網上傳來他兒女交代亡父臨終時為自己作出的最後安排：

星期一撒手
星期四入殮
然後踏上最後一次回老家的遠途
Leonard Cohen
1934－2016
他帶走一個DJ的過百辰光。

我們的音樂

那天翻報紙，得悉有南音演唱，不由得想從前日子：放學後伏案做功課，滿含生活況味的南音遙遙自廚房窗內送傳，對曲詞內容我不甚了了，可那一句半句嗟嘆所蘊帶的莫名撫慰，已潛移默化，歌者唏噓稍頓，撥弦輕彈間，低迴的留白乍令我神往。至長大後，偶聞南音，不期然抬眼，恍見老家灶頭上的高身大銅鍋，見廚娘對窗洗菜的背影，那拖在她背後的油亮長辮，以及木桌上的原子粒收音機，以及那令人尋味的唱白。念及此，我自有不如歸去的感覺。

近年，屢聞人不遺餘力拯南音於微，個中情況，我知之不詳。

那天從報紙上讀到演唱會的消息，以為能藉此上一課，可後來細算日期，原來那日子早已過去；為止渴，回家尋徐柳仙的錄音，我喜歡的《再折長亭柳》，沒找到，這才記起不知何年何月借了出去，唱片未還，借的人也去如黃鶴。我腦門後的南音，因此更杳然。

音樂有許多種，不明白何以在香港，電台與電視的音樂節目越來越少，代之而起是所謂清談節目。男哈哈女哈哈整整一個小時言之無物的插嘴搶話嘻嘻哈哈。間或選播一兩首歌，種類也越來越有限，已至於狹隘。以前，在電台放我們各式各樣的音樂，曾暗裡盼望遠角天涯有知音。有此一念，只因當年在漢口道王敬義的書店內，偶遇費明儀的朋友，一位孫女士，與我住同一山頭，素未謀面，她在街頭我在巷尾，我播音而她竟然在洛杉磯的第二個家收聽到。「我在西岸的無線電很靈光。」她和我說。我不相信緣份，然而我相信靈犀可以相通。胡菊人和我都喜歡的古曲《幽蘭》，每一回放上大氣層，總是暗裡希望有外國人聽到欣賞到。有那樣的念頭，只因一九三〇年，某德國教授對劉天華先生說的一句話：「不聽先生之樂，不足以知中國之有樂。」

從前聽黑膠唱片，聞當中對唱，我見沈從文筆下人物，自歌中感情，感見沈從文筆觸。以前，久不久在電台放湘西的〈酉水號子〉，因那一聲聲嗨呵喔，呵呵，很能夠牽扯出心中莫名鬱結。那攀石涉水拖扯船隻的嘶聲吶喊，水上舟子緊接的應和，一聲聲此起彼落，凸顯了漢子們襤褸布衣上的辛酸，更感一個個肩膊上印印汗濕，號子的語言我只管猜，那滾滾而來的生命能量實在毋庸置疑，滔滔江水在我心中搶灘，喔嗨喲，天地在應和。

一個清晨四五時，聞窗外風嘯，懶慵不願起，望窗外欲曙天，竟想到遠在遼寧的對口歌：

「二姑娘你怎不梳頭？沒有桂花油。二姑娘你怎不洗臉？沒有胰子鹼。二姑娘你怎不吃飯？沒有同桌伴。二姑娘你怎不點燈？外面刮大風。二姑娘你怎不關門？外面還有一個人。」

啊！戀愛於此更立體了。

對一些所謂藝術歌曲，我頗有偏見，主要原因是錄音素質欠佳，若果是輕舟過山之時與岸上對唱，錄音再差，仍可帶來差不多先生的聯想，想到現實中難免有雜音，大可阿Q地喻之為缺陷美。藝術歌曲既然以藝術掛鈎，要求自然要高了。最不喜歡聽到呑呑吐吐的《陽關三疊》，那似來不來原地踏步的感情，我老覺得彆扭。更教人遺憾是姜成濤的《紅豆詞》，為求清晰，欠婉轉又近乎刺耳的錄音，尚幸劉雪庵先生的曲調帶出曹雪芹詞中感情。不管是誰唱，在那睡不穩，紗窗風雨黃昏後，展不開眉頭，捱不明更漏之時，這首歌以及無數的我們的音樂，恰似遮不住的青山隱隱，流不斷的綠水悠悠。

咖啡清唱劇

霧色蒼茫，高樓下遠邈的燈影撲朔迷離，杳無我所思見，眼前霧氣飄浮的窗外，驀現當年影像，幻幻然復回那當年的當年。

那年秋天，和你去芝加哥，途經三藩市，酒店門前昂首，迎來微微夜雨，碎步匆匆，我們穿過於仁廣場，趕至電影院，方才醒覺距放映時間尚早，你不願在放映中途看半齣《凶眼》，我同意轉頭再作打算；是那綽綽有餘的辰光，那流瀉雨地的燈色令我瀟灑。想喝一點什麼又想吃一點什麼。你說這感覺不可思議，說不明白臨結婚哪來空虛。為之氣結我轉身，把你拋在後頭。

迎面來的風催我往對街小喫店。店內玻璃櫃上面，擺放著任人淺嚐的希臘甜酥餅。還是那老東家吧？休怪我嘴饞，很想再沾從前滋味，又或者只瞧兩眼吧。

正要回頭跟你說，你已到身後，拉住我往前邁步，說不喜歡三藩市的風，又笑言芝加哥的嚴冬可能令你卻步。

暗示什麼？要做逃兵？有cold feet？交通燈下我駐足，要過馬路，要和你講句什麼，可又覺語塞。

「紅燈！」

你突然揚聲，朝我豁蕩一笑。那笑在陰霾的今日仍見清朗。此刻，落地玻璃前我見當年街上夜色映照，見你昂然笑著引領我進道旁小書店。

甫進門，你當即瞥見牆側書架上的攝影冊，書未拿下未看內頁，單瞧書脊上名字你已眼眸明亮。此刻獨守窗畔我驀然醒覺，這攝影冊從那書架移置咱們家書架，一眈三十多個年頭。回想那些年，我倆著實不知時日飛快過。

記得麼，看完電影，你拉我到隣近的Coffee Cantata，雖說是隣近，還得走上小斜坡；你沿途細數六十年代末期，那市長為振興三藩市的旅遊，大開門戶讓人拍電影。在這兒拍攝的兩部警匪片《Bullitt》和《Dirty Harry》都在那咖啡店取景呢，你說時神采飛揚，彷彿有份兒在那裡面開槍。不管是哪場戲，我無絲毫印象，但見面前雨停，驀地想起唐人街就在附近，我遂轉身和你說：餓呢，要找個小館吃鴨腿麵。可轉兩轉，結果跟你去 Coffee Cantata。

在那隨意讓辰光荏苒的舒適角落，你只顧細賞先前自書店購買的攝影冊；Leni Riefenstahl 的才華，直教人將昔才看的《凶眼》拋諸腦後。你就那麼樣，含住煙斗含住笑，翻看一頁又一頁，咖啡漸冷我也幾乎被你忘懷，放下杯你問我笑什麼想什麼，我連有沒有笑都沒法記起，你大概也忘記吧。那當下一切，到而今已彷彿迷濛，又是否已迷濛。

是那兩年後的八月，重臨 Coffee Cantata。譚家明執意待店家打烊之後方才挑燈，安排不妥善他決不讓男女主角背窗演戲，這戲的故事挖自你買攝影冊的書坊書堆，如私語的對白中沒有你和我，音樂也不是巴哈的《咖啡清唱劇》。遠坐鏡頭不到的角落我靜瞧，但覺移燈換凳的動靜儘帶幾分無奈，無奈靜待燈下一切就緒，導演高喝一聲，分秒隨即寂然。

背窗的男女眼神默默，路上車燈悶聲抹過窗紗，一盞盞含帶莫名憂戚，瘂然消失在窗框邊沿；良晌之後，猶如幽靈奄奄至，又來一車不明不白的迷光，幽幽抹窗紗靜抹窗紗……

對角暗黑中，光線微弱不到的小枱面上，倒置的木椅令我落寞想家。

暗角中，我見遠牀被窩，如磁的夜黑磁吸我思，柔柔探手，我暗試窩暖，尋望可洞悉你想我的意願。

草莓與巧克力

一口氣看了好幾部古巴電影。

當中三部撩起久埋心坎一些話，戲中影像尤其徘徊腦後，熒屏下走馬燈似的英文字幕，一排排字句匆速來去在腦門前掩映過，不只一次顧得欣賞畫面而漏掉半句扼要對白，不只一次將一兩場戲回帶重看又重看，不禁油然生興味，感覺如烹調好的一鍋海鮮湯，只待最後添一羹日本清酒，然後品味。

先說一九九五年，在奧斯卡提名競選最佳外語片的《草莓與巧克力 Strawberry and Chocolate》。

開篇之時，演員導演等名字在畫面上陸續出現，當下配合的一段音樂，深具令人屏息的吸引力，可之後又不甚了了，只餘遺憾。

字幕剛完，鏡頭緊接割入時鐘酒店的簡陋房間，房門緊接打開，進來兩大學生。女的一開腔已露虛榮心態，及至在男生有點笨手笨腳之時，她自動轉身解胸圍，其性格於此畢露，二人的關係，誰才是主動亦一目了然。這年輕女子的戲份不多，出場次數有限，然而她的虛偽虛榮性格由始至終沒變，每一次從男生對她態度上的轉變，可見男生的心理轉變，也見到他已一次比一次成長成熟。

可能因為編劇是我的老本行，每看一部戲，不管是好是壞，不管是什麼戲，我總愛琢磨人家的編劇技巧，而這部戲的編劇技巧，是我曾在講座中一再提及，最應該留意的一環，那就是從一人的心理反應，反映另一人性格，刺激另一人以至自己的轉變。以此類推，可推動劇情故事的發展，回溯過去，及預示未來。

這部電影裡，推動以及反映這大學生有所轉變的另一人物，是一同志，一名氣宇不凡，博覽羣書，有教養有品味的同志。這些氣質都從他的行為舉止，以及他生活習慣得見。又從他的居住環境，他居所的擺設，從一些小道具見他過去的家庭背景，那是古巴未被禁運之前的過去；從這主角家居，可以感覺到往日的充裕氣息猶隱隱然縈繞未去，這些微妙而含蓄的氛圍營造與鋪陳，除了有賴於導演與藝術指導的細膩心思，及其細緻觸覺，不多不少有賴於飾演這角色的 Jorge Perugorria。沒有他自然如呼吸的文化底蘊，不管如何包裝，不可能演繹得那麼傳神。我最初以為導演請個同志來演同志，才不是呢，Jorge 有妻兒，這還是他主演的第一部電影呢。

Jorge Perugorria 以前是好幾部紀錄片的製作人，《草莓與巧克力》之後，他和飾演大學生的 Vladimir Cruz 合作搞電影製作。之後，他不單是享盛名的演員，也是卓有成就的編劇和導演。

回頭說《草莓與巧克力》。大學生在與 Jorge 邂逅之初，已警覺到他的性取向，然禁不住對他好奇，又被他的學問與品味吸引，不自覺的自他那兒汲取學校課本以外的學問。而他呢，不諱言愛這大學生，可他壓抑住。因為在古巴，會因同性相愛觸犯禁例而被繩之於法，或者在觸法之前已被一些極端分子傷害，或因別的理由被誣陷而身繫囹圄。他本來可以離開古巴，去別的地方解放自己，可他坦言對古巴別有感情，在痛苦的壓抑中，他把持高尚的情操，讓原可屬於自己的女人和大學生有肌膚之親，讓這在發育時期的年輕人，解放他的性需要。這劇本不易寫，這人物在愛與不能愛之間的抉擇，Jorge 必須拿捏準確，而他辦到了，演技純任自然的細緻，十分有磁力。可惜跟他演對手戲的大學生 Vadimir Cruz 不夠斤兩。

這電影怎可能通過古巴的電影檢查制度，尋且拿出去參展。莫非因導演是古巴電影局的創辦人？

三部古巴片我最喜歡《飛不起的童年 Behavior》，還有《生命倒數夏灣拿 Last Days In Havana》，可怎麼說到《草莓與巧克力》呢？我也有點莫名奇妙。仔細分析，啊大概因為《飛不起的童年》講教育。而講到這問題，哪能不扯到香港的教育。而《生命倒數夏灣拿》，從導演攝影燈光劇本剪接而至畫外音natural sound，而至世界觀與近乎井底觀的所謂維穩觀，話可多了，可以說到二〇二五。

不能講得痛快淋漓，不如不講，避重就輕，所以不提另外兩部電影，就那麼簡單。

免費的

無論男女都希望有欣賞自己的人。愛是另一回事，只有愛而不被欣賞，就好比金魚在有水無藻無石的玻璃缸內，孑然一身，蕩蕩然只有水只有水。有些魚但曉得在水中暢游，短暫的快感已足夠，怡然自得，不會費心思理會輕身擦過的小魚。至於那些對玻璃如對鏡，瞧眼前的矇矓倩影，於願已足；不比有些魚，遨遊中既留意微不足道的細石，也欣賞優美海藻，對一事一物的無言關愛，已不期然擦著創作原動力。那放開懷抱煥發的火花，容或只是頃刻綻放，然已在生命中留下美麗印記。

以魚喻人，在人當中可有這樣的魚？

有！她叫 Joni Mitchell。

Joni Mitchell 尚妮涅藻有一首作品叫〈免費的〉，大意是：「我昨夜在上流酒店渡宿，今兒購買珠寶去了。風在骯髒的城市中亂竄，學童自校園奔出，我立在嘈吵的角落，等待可通行的綠色燈號。他在對街，吹奏他的黑管簫，演奏得真好，免費的。如今我為錢而奏，為那天鵝絨幕而致謝意。我有一輛黑轎車，有兩名紳士伴隨我上音樂廳。聽我演奏吧，若果你是我朋友，又若果你有錢。眼前那快餐小檔旁邊的一人樂隊呀，奏得真好，免費的，可沒有人駐足細聆，儘管他那黑管簫的音色甜美嘹亮。路過的人因曉得他從來沒上過電視，擦身經過他的音樂算了。我欲走前點一首歌，又或者前去配合他的演奏。轉調之間他唏噓，我聽到了。他吹奏得真好，免費的。」

尚妮涅藻這首歌有畫面有聲音，音樂以外意念之內的聲音，欣賞是一種拍和，和諧是愉悅的氣息，都蘊含感染人的性情。

一夜與友對飲，提到我喜歡的爵士樂，提到息士風，我說這樂器的音色最性感。友人因此跟我提到她認識的一個人。

「妳知道三藩市唐人街街頭吧，有回我老遠聽到很美的息士風音樂，隨聲前去。啊！連那演奏的黑人都俊美，許多人給他錢，我點一首很古老的息士風音樂，他高興遇到知音，我高興與他攀談，然後他忽然說：『這個晚上跟我出去快樂一下，幾個鐘頭後我會有足夠的錢。』我於是打發我的朋友，打發那幾個鐘點，然後回去。他帶我去欣賞友人 Esther Philips 的音樂，其時這爵士樂歌手未有今日的名氣，然後他帶我到那骯髒不堪的住所。那一回，幹得真淋漓盡致。」

我聽著聽著，好似看了一場很有音樂感的實驗電影，可能是息士風帶給我先入為主的感覺吧。她說的那一種欣賞以及那一種解脫，我既明白也不明白。

聽著聽著無絲毫嚮往，也許要水又要藻之後方能徹底給予，是平凡人的現實，無言無語我聽著聽著，但見她心滿意足地淺啖橘子酒，是否滿意剛才那頓飯，還是憶及街頭上偶遇的知音？我正要調侃兩句，可轉瞬她已言詞冷漠，輕描淡寫繼續未完的話，猶如講第三者的往事，她說：「後來我不要回那髒地方。有一次，請他去我的鄉間小舍，我有過高的期望，在優雅的環境他顯得笨拙，身上氣味又是皂水洗不掉的，我迫得撇下他。」問這黑人的名字，她似乎忘了，淡然告訴我：「友人來信，說又見他在街頭上演奏。」

我想到尚妮涅藻那首歌。乍感兩個女人的距離，黑管簫又或息士風所吐露的空虛與滄桑依稀可聞，不由得聯想到尚妮涅藻的曲中疊句——

免費的……

免費的。

我抬眼瞧對街，不見路人過，

轉調間是那角落的唏噓。

陰陽推我去

許多許多年前，披頭四的保羅麥卡尼，回鄉間老家，在琴椅內翻出一本琴書，內中一首童歌叫〈黃金睡眠 Golden Slumbers〉。這童歌的調子沒引起他的興趣，倒是歌詞給了他靈感。

唱片發行之初，讀宣傳文字，我對這歌即有偏見，可能因我不喜歡麥卡尼，又可能因那年代，以另類姿態大放異采的《花花公子》雜誌，有那麼一期以童話色調粉飾一個個裸女；已變調的顏色，將初春的新葉一下子變得棕黃，散在髒地上，在潮濕空氣中，在塵埃與精液中發霉，袒露的花靈於花葉中失落，分不出自身，唯尋曖昧的依歸，神仙也給染上梅毒。

又那年代的年輕人，以解放性愛的錯誤觀念作為時尚，將不甘後人又強行消化的所謂學問，不甚了了的與性愛渾渾為自我解脫的表現，為表現而表現而自以為瀟灑存在。

偏那麼巧，在香港某地庫的大書店，無意間看到一本文字與圖畫並茂的歌謠集。草草掠讀目錄，見似曾相識的一兩首，滿心歡喜，以為找到不同民族的兒歌，可是看兩看封面，不禁生疑，心忖：怎麼兒歌封面上那女人胸前掛著紅肚兜。忙翻書頁，果如所料，將童謠字眼另作演繹，另有解讀。可轉化為帯誘惑的語言，可暗示為桃色男女別有所指的情慾。

忘記是誰挑起話題，挑起我久欲一吐為快的牢騷，我禁不住問成年人怎麼落到如此地步。童年時的可愛，難道不容有半點剩餘？一點都沒有保留麼？

某喜歡跟我唱反調的朋友見我嘰嘰咕咕，不待我把話說完，扯口大氣打岔，竟然荒腔走板的高唱兩句麥卡尼那首新鮮出爐的〈黃金睡眠〉：

「曾有路回家，曾有路回返。漂亮人兒你別哭，我給你哼一首搖籃曲⋯⋯」

去年這首歌鹹魚翻生，在動畫《Sing》終結之前壓軸，歌詞已改得甚為勵志，沒絲毫曖昧，沒半句含糊。這本是好事，可是竟然有人覺得格格不入，看來已經被麥卡尼修改的版本影響了。

也是那年頭，也在英倫。

Simon & Garfunkel 一天在倫敦街頭上，無意中聽到的一首歌，似是詩，表面寫歲月，又似言中有物，似寫轉瞬即逝的感情，有說是寫性。個別有不同解讀，自有不同感覺。我純粹喜歡 Art Garfunkel 的獨唱，喜歡他以單純直接的感情，近乎清唱地憶念早逝的年輕戀人，末尾幾句，他開解自己，至令人神傷：

「四月，她會來，當春意正濃，枝條上雨露欲滴；五月，她會留下，又復在我臂彎中憩息；六月，她會改變曲調，以不安步伐，於子夜中巡探；七月，她會飛，對此番遠逸，不曾預告片言；八月，她一定死，秋天的風峭寒，格外刺冷；九月，我會記憶，一度新鮮的愛情會得變舊。」

Simon 與 Garfunkel 好些作品，時有美得像詩的意景。我喜歡 Art Garfunkel，因為這首〈April Come She Will〉，呼吸吞吐間他輕描淡寫歌詞中推移的感情，簡單詞句含幾面層次，男對女，女對男，以及季節帶來的感覺。

他們把這首歌搬上演唱會舞台的那個夜晚，孤燈下，Garfunkel 獨坐高椅上，簡單說說這首歌來自倫敦街頭，沒說是童歌，沒講多餘說話，以近乎道白的溫文清唱，數歲月流轉，愛情來去，短短幾句如詩，如心坎間落寞長嘆。於我記憶中縈繞幾十年。

不曉得他倆因何分散多年，又可幸近年復合。在紐約麥迪遜廣場的復出演唱，我有所期待，Simon 果然讓 Garfunkel 重唱這首歌。當夜他嗓音雖然有點沙啞，歌中感情卻絲毫沒變。於我，這是十分難得的一個夜晚。

〈四月她會來〉令我聯想到我們六朝時一首西曲，也逐月順序，依歲月的推移交代繾綣感情，從一個女子的懷思落筆，是南朝的〈月節折楊柳歌〉：

「正月：春風尚蕭條，去故來入新，苦心非一朝。折楊柳。愁思滿腹中，歷亂不可數。」

我最喜歡八月以後的句子，雖未聞歌，已有陰陽推我去的感覺：

「八月：迎歡裁衣裳，日月流如水，白露凝庭霜。折楊柳。夜聞擣衣聲，窈窕誰家婦？九月：甘菊吐黃花，非無杯觴用，當奈許寒何。折楊柳。授歡羅衣裳，含笑言不取。十月：大樹轉蕭索，天陰不作雨，嚴霜半夜落。折楊柳。林中與松柏，歲寒不相負。十一月：素雪任風流，樹木轉枯悴，松柏無所憂。折楊柳。寒衣履薄冰，歡詎知儂否？十二月：天寒歲欲暮，春秋及冬夏，苦心停欲度。折楊柳。沈亂枕席間，纏綿不覺久。」

不過是油彩

小男孩在圖畫紙上畫來畫去，那畫紙本來白得使人心澄，他可是沒多瞧一眼，只顧大刀闊斧加線條上去，乍看似塗鴉，細看卻令人驚心，因為白色的畫紙上顯現向人掃射的機關槍。

三兩筆畫好之後，小男孩叫我在線條框框之內填色。

什麼顏色呢。

你喜歡什麼顏色就什麼顏色。仿大人語調他吩咐我，沒把話好好說完就光著小腳板走開了，在飯桌那邊只管塗牛油在芝士餅乾上，大口大口的吃，懶得斜我一眼呢。

嘿！太陽從西方出來啦，不曉得幾生修到，突然得這小家伙青睞，喜不自勝。我就依他老人家的意思，在他畫給我的框框內，搽上我喜歡的顏色，揮筆抹彩之時不免偷瞄，看看是否真個得到他的歡心。

小家伙縮著小嘴吃他的小餅乾，見我偷眼瞧他，竟也暗喜，含住餅乾含住笑。

三下兩下手勢塗塗填填，不亦樂乎我交功課啦，請他老人家審閱。

他一瞪眼，看畫，眼也瞪圓了，鼓著滿嘴滿腮的芝士餅乾老氣橫秋：「難看死了！」

為之氣結，我把剛剛拿起的餅乾塞進口，聽他教我配色填色。

忽然記起一首越戰時期的反戰歌，〈Come Away Melinda〉是小女孩瑪苓黛和她母親的對話。

年輕的媽媽教小女兒畫畫，在圖畫簿上著色，其時，窗外車聲絡繹，小女孩好奇，攀上窗緣看，見一車一車的傷兵，身上都掛了彩，小女孩直叫：「媽咪媽咪，妳來看看這是什麼。」

媽媽說：「過來，瑪苓黛妳來這邊，那是圖畫簿，不過是油彩。」

我窮力思索在記憶中失落的歌詞，詞句已模糊，曲調中的畫面卻至今鮮明。

小女孩的面貌神情清純如在眼前，又那母親要隱惡的哄孩子語調，是千古不變的，母親對孩子的叮嚀，已然是歌。

眼前這小男孩軟嘴軟舌向我咕嚕個什麼呢。

啊！他說：機關槍不是這顏色、大炮也不是這顏色、死人的血也不是這顏色。

姨姨，太陽怎麼是黑色？他問。

我說：黑色的毒日頭曬得人暈過去，人沒死又怎可能有血呀，不懂得殺人的大炮和機關槍頂美麗，所以是糖果顏色。

小孩跺腳扁嘴，哭了！去找他媽媽投訴，怪我這個姨姨什麼都不懂。

這著實令我啞然。

哎！成年人批評孩子的畫不像樣子之時，孩子心中嘀咕什麼呢？
眼前這孩子告訴他媽媽：阿姨欺負我，阿姨不懂什麼是打仗。
打仗了麼？不必驚訝。未打仗，我已經被這小家伙一槍轟斃了。

誰幹的好事

一個春天，自美探親之後回港，航機上喜遇一舊同學，天南地北的閒聊，聊到他喜歡狩獵，春天他封槍，因春天是交配季節，打死任何一隻都不大好。那麼說，春天以外的季節隨時可以殺死一隻麼？我忍不住問。沒有清楚回答，他只說喜歡用遠程獵槍，說這樣比較有體育精神。

我又不明白什麼是體育精神了。

他補充解釋：「假如我走得近一點，驚動了牠們，結果只來得及打死一隻，若從遠處放槍，有充分時間打死兩隻。兩隻都死，就沒有什麼好難過。」

原來有些人對小動物的體育精神，須看有否充分時間打死兩隻。我心裡糾結著許多疑問，結果什麼都沒講，因已揣摩到答案，他反過來問我是否明白，我也沒回答，不願回應，十分納悶。

春天過去，他日間狩獵，夜裡來信說：「這一次，我打傷了一隻。另外那隻沒跑回洞裡，反而來拖來救那受傷的。而我最怕就是傷了的跑回洞裡慢慢死，這樣子是痛苦的。我眼看受傷的那隻很快就被拖至洞口，一急之下放槍，越放越亂，以至七八槍還打不到。我就想我應該打那隻沒受傷的，可是放了兩三槍，依然沒射中，距離才幾寸呀，射得附近的泥沙飛揚。牠還是不害怕，拚命拖老伴。我再放一槍，牠尖叫一聲跳離三四尺，就竄進洞去。那時候，偏巧槍膛也空了，我趕忙裝子彈，還來不及裝上十五發，牠又從洞裡一拐一拐出來拖老伴。我呆了，用遠程鏡看，那隻無望地由牠拖，十分痛苦，傷得太重了，大概活不長，唯有再放一槍結果牠，另一隻咽聲逃回洞裡。我走過去看那死去的，原來最初一槍傷了牠背脊，以至牠後腿不能動，再一槍就正中頭部了，又發覺地上有碎骨，大概是另外那隻的腿骨，地上有血，只幾滴，流血不多。前天，我回那山頭，坐上兩個小時，不見有那受傷的蹤影，大概這餘下的一隻已搬家了。」

有沒有可能死在洞裡呢。我不問，免得他講個沒完。

他後來在信中又說：「我只打了一隻山兔。許多人駛吉甫圍捕牠們，又用沙槍……我沒有再打花金鼠了。」

而我也沒再跟他聯絡。

英國有一位作家，叫李察亞當斯（Richard Adams），六十年代中期，他幾乎天天送兩個小女兒上學。車程中，他一邊駕駛一邊講小動物的故事，那些小動物是他的精心傑作，車廂中他繪影繪聲讓小動物活靈活現，逗得女兒們十分開心，在寶貝女兒的要求下，他將想好的兔子的故事寫下來，初以為留給孩子們看，焉料越寫越精采，那才交給出版社。

《Watership Down》是亞當斯的第一本著作，一九七二年出版，那時期我和舊同學正好通信，見他喜歡狩獵，遂送給他這本書，以為因此有共同話題，以為他看完這小說會得同情小動物，他可是站在獵人的角度看問題。我那心思顯然白費了。

當年，在《快報》專欄我介紹這本書，提到這動物小說寓意深長，尋且引出《新聞周刊》書評中一句：「任何有理性的讀者，讀完這小說之後，怎可以不為所動……」

這舊同學有否讀到我的文章並不重要，我只想知道他可有讀《新聞周刊》的書評，若讀到，大可以明白我們為什麼失了聯絡。

《Watership Down》開始的時候，兔子小五看見人將要在牠們的居留地大興土木，蹲在那兒牠顫慄不已牠哭泣，兔子們的《出埃及記》由是開始。小五很有感性，加上奇特的預感，比起其他兔子牠格外有靈性。亞當斯的描寫靈活細膩，對暴力，他落筆甚重，寫的血淋淋。若照他說，寫這書的初心是為了給女兒看，我倒想知道，究有多少父母毫無保留地照他所寫，讀給稚齡的兒女聽。

面對批評，亞當斯有他的說法：他認為披露人性的黑暗面並無不可，暴力可以刺激人的警覺性。

前兩年聞亞當斯逝世，我驀地想起他這作品。另一次記憶起，是九十年代末期，我們住在吉隆坡的東姑山，山上有幾處密林，無數猴子棲身林中，我們的陽台或天台久不久有猴子造訪，管理員會得放鞭炮趕走這些不速之客。一個早晨，我在陽台上忙，遠處突然而來的鞭炮聲敲鑼聲嚇得我旋轉身，急循喧天的猿聲往下望，驚見無數無數猴子，差不多三四十隻躍過茂密樹林，掠過建築地盆的泥窪，扶老攜幼跋涉向遠處去。此起彼落無從息止的啼聲，只朝一個方向奔逃，集體的瀕臨絕望的肢體語言、無助的眼神、以及大大小小沾上黃土的毛體給我的震撼，令我這些年來不時想起那早晨那眼前情景。而那日那當下，我猛然想起《Watership Down》小說的山頭，猛然記起一隻兔子在筋疲力盡時，憤懣的丟下這麼一句：「求淨土，或可往那天邊去，在那國度方才尋找到永遠的淨土。」

他

一位疏於往來的朋友來電話，約我出海去，因為船簇新，有四聲道音響設備，有冷氣。我婉拒了，沒有把心裡話說出來，怕小家敗氣的多說了。

後來再遇，朋友又舊事重提，提到船上的四聲道音響設備，說有冷氣。我笑了，依然不多話，雖然很想問：出海去究竟是為了海，為了清新的海風，海浪的呼喚，還是為了悶在屋子裡也可以享受的身歷聲與冷氣？又很想問：怎麼沒有土耳其浴的設備呢？話到唇邊，又把話留住，因腦波段不同，難以溝通。

一位做船務的朋友，上岸幹活之後，用不著漂洋過海了，昔日同僚經過香港與他敘舊，酒酣耳熱之後，向我無限感觸地訴說：「現在上船沒意思了。繩是尼龍繩，有機器幫忙打綑，用不著動手，幾乎什麼都是機器操縱，有電梯上落，幾乎連甲板都不用洗擦，人手自然減少。大洋上就對著那些機器那幾個人，了無意思。」

我聽了默然，亦暗自有失落的感覺。以前乘客輪過太平洋，又乘客輪過蘇彝士來回印度洋，在船上乘光潔的升降機上落，午茶吃小餅，欣賞意大利人拉小提琴，眼看著那些以貴婦姿態上小美容院裝扮的女人，我已別有憧憬，希望有朝一日乘貨船，享受漂泊逾月的浪漫；然而，經朋友那麼一說，唯希望只有少部分貨船現代化，唯有希望。

曾經遨遊希臘小島嶼的朋友，歷數島上風光，自然又帶到船上享受。有人講巴哈馬，又有人講公海上的黃色表演，說在德國丹麥水域上如何如何。我還是想我的貨船。用不著白色，披風破浪之時，粗線條的瀟灑，使人欲投身依附的瀟灑。海水的鹽味，空氣中的鹽味，可以使女性更女性，男性也更男性。予人作樂的船，有一個女性名字，我可以理解，認真幹粗活的船，有一個女性名字，我就不能明白了。外國人以「她」作為船的代名詞，令我納罕，問對船有認識的朋友，朋友的一句解釋，令我莞爾，說呢：「那是因為她的衣裝，比她的軀體更為昂貴。」當郵輪在大小水域上穿梭如鯽，船上裝潢如女人的脂粉容顏，如迎合花枝招展女人的虛榮享受，置身其中，那個「她」字可算來得恰切，煞風景是，經網上廣傳中國大媽在船上搶食，以及在通道中晾衣等等洋相，令中國人如我們十分尷尬。我雖有幸只一次見人在甲板上打麻將，已經怕怕，另闢旅遊途徑，或者想像跟我一度心怡的舊貨船出海去，即使「他」早已不存在。

有一回在陌生朋友的書架上翻著一本書，薄薄的只有一首詩，詩寫得不好，但有插圖，看圖認意；講一個小黑童，見滔滔流水，憧憬他的汪洋他的船，又見海上夕陽，他與船一起漂泊。我一句一頁的翻書，也隨著孩子想像，隨著孩子漂流靠岸。到最後，最後一頁，孩子夢醒，我看清楚畫頁，孩子手上一艘紙船，摺工透著細緻意念，摺入孩子的夢，孩子扶住船，引船飄遊水中，水是路邊水龍頭流下的水，是孩子的汪洋大海了。那是紐約的哈林區，藍天在石屎森林隙縫之間，只聞公餘時分鬧市的喧嘩。

「帶我到深海去吧！」依稀記得，那首小詩就叫這個名字。

病在哪兒

隨譚家明和他的攝製組拍攝《七女性之苗金鳳》，在超級市場耽一個通宵。夜晚稍息，與那兒的東家閒談，談到最令人頭痛的高買客。他說幾乎天天捉到一個，因顧慮沒被捉到的究竟偷去多少，在幹這門生意之初，煞是苦惱，久而久之，曉得將高買的損失連成本一併加進價格內，高買不高買都一視同仁了。

問他有沒有報警，把那些三隻手拘留落案。他搖搖頭：「太麻煩了。」總是這樣，總是這答案，於是縱容，於是更猖獗，於是難以根治，總是這樣。

「有時候一天捉到六個，妳說麻煩不麻煩，還落案哪。唯有要他們付五倍價錢，警誡了事，不過也有不識好歹再折回來的。有一個孩子才十歲出頭，三番五次回來再偷。我氣不過，脫去他的褲子，逐出門外，好使他知羞恥。孩子本來也難為情，藏身在後面角落，可結果怎樣呢，有人不忍心，給孩子一張報紙，讓孩子遮醜。」

總是這樣，總有仁心而大近視的人，只顧姑息，不依法律來懲戒，很難教人重視這問題，所以一偷再偷，不拘控就已經是姑息。

朋友在一家大百貨公司的門市部工作，有回捉著個十二歲的小姑娘，雖說是小姑娘，卻長得滿臉邪氣。捉住她搜查一通，發現已在十三個部門動過手腳。大公司畢竟有大公司的規矩，結果當然繩之於法。警探將小姑娘帶走的剎那，她居然轉過頭來，嘻皮笑臉擲下一句：「有朝一日，我來買東西，你們不會不歡迎我罷。」

這話有太多內容，小姑娘的價值觀、家庭背景、生活內容，以上種種積累而成的心理背景，都在「有朝一日」這話裡頭反映了，深閱之下哪能不教人寒心。

有一回，我在一家很小的超級市場內閒逛，看到那些顏色鮮艷，似掛豆的糖串。一個四歲光景的孩子，在我身邊伸長脖子，也在欣賞那些糖串；看看孩子，看看那一排排夾在硬玻璃紙裡面的糖果，我想到童年時看見的大樹，樹上垂下的藤鬚，跟藤鬚一樣吊在樹上的莢豆，隨著日子的流逝逐漸變色，從青綠轉為棕紅，隨後轉為乾棕色。我想得入神，孩子伸手去摸糖串，才伸手，即有人輕拍他一下，繼而在他眼前擺手，示意他不要摸。孩子停住手，可仍然目不轉睛瞧著糖串；未幾，按捺不住再伸手，又有人輕拍他，我轉身看是誰，瞧見一少女，是孩子的姐姐罷。是她擺手示意，搖頭示意，竭力從疼愛中表現一點責備的意思，糖串跟前有很美的衝突，不為人察覺，因為孩子與少女都無聲，只做手勢，手勢中有一種道理，那當中傳授的教育，又是我們一些健全的人不能比擬的。到今天，我還依稀見少女眼中的話，還有兩番被輕拍之後，孩子頷首遵從的模樣，至少女輕引他轉身離開的剎那，孩子縮著小嘴難為情地偷瞄我的可愛神情，我都記得。前後不到一分鐘，不知不覺存進我的腦後倉了。哪想到幾十年後，我將當日眼前影像在短篇小說〈小心〉內如實記下。

夫人，給我一支筆

一早出發，原要乘吉普穿越與突尼西亞接壤的撒哈拉，以為繞一角鹽湖直達大漠，焉料中途遇鹽水淹路，水雖淺，可還是不得已改變行程，轉至另一綠洲。

沙路上，在僅有的一排土店前面，遇一小男生，儀容衣履乾淨清爽，一見外國人即捉住機會操練外語，禮貌大方他以法語問：

「夫人，妳可有一支筆給我？」

在那小小綠洲，客旅房間內陳設簡陋，三面貼牆的六尺坑牀佔大半客房，夜寒難熬可於坑下燒火取暖，坑上可盤膝進膳又可大被同眠，夢中迷糊可聞大小耗子忙七亂八對親家。簡陋土房並無書案，當然也沒有刻上客舍名號的原子筆。我給小男生的一管筆已隨身多時，孩子納筆進布書袋的瞬間，所流露的單純喜悅，頓使我了悟一支筆遠比糖果更管用。

那以後，見航機郵輪酒店供客取用的筆，我心煥然，要是試筆走筆暢順，必然禁不住誘惑，順手牽一支抓一支。旅途上遇見要筆的孩子，不假思索，必慷他人之慨，送筆！可也不盡是孩子問遊客要筆，在祕魯，安第斯山脈上，海拔三千三百四十米之上，在隣近故都 Cusco，人跡稀少面朝山谷的僻靜窮鄉，我就遇到那麼一位中年漢。

在簡陋的泥牆土店內，那已屆不惑之年的店家話不多，方臉上有曾經風霜的生活條紋，我至今猶記得他眉宇間隱透的書卷氣。那下午我將掛在土牆上的袋子拿下，左看右看好好端詳；袋子的一邊如地氈，交織著滿含民族色彩的圖案，縫接的另一邊是粗酷的素色麻布，若把兩邊分拆開，那色彩土里土氣的一邊，可以是一張四四方方的獨特地氈。見我撫摸氈面，店家殷切的眼神流露極欲賣出這袋子的心意。他移步前來，結結巴巴說袋子是人工造的，我點頭，想告訴他氈子的手工粗酷，想問是不是太太編織，抑或是鄉里交來託賣，轉念又想既然沒意思要買，最好別叨擾。

放下氈袋，打個招呼，道謝轉身，他眼看著我要離開，急忙追問：「妳要多少錢才買呢。」我含笑搖頭，心思已離店門，已隨似有還無的火車汽笛聲遠揚，尋且聯想到列車稍停山下小鎮小站的一刻，候於路軌旁的幾個村婦，舉起差不多模樣的袋子，湊著車窗爭相叫賣，呼嘯的汽笛衝散眾婦的喧嘩，隆隆軋動的列車上，車廂通道上樣貌娟好的女郎，來回展示祕魯的特產皮裘，晃動的車廂內女士們心意奔騰，汽笛的呼嘯遠傳至這山上土店，醒過神來我看時間無多，忙轉身出門，店家瞬即提起袋子，急說：「夫人，我可以給妳一個合理價錢。」語調依舊溫文，眼神卻比先前殷切。硬著頭皮與他直接割價議價，又加又減的數字折合美金多少呢，我打開背包尋覓手機算價錢，卻掏出一支筆。見筆，他眸光流轉，勉為其難一笑，同意減價，卻減的很少，見他面有難色，我也不好意思計較，買下那未令我動心的袋子。

包好氈袋他禮貌趨前，終於說：「夫人，請問妳可以給我那支筆嗎？」

拿筆記賬，抑或給孩子做功課呢。

氈袋掛上肩膊，離開路上無人過的土店，山路上舉步不見輕鬆，隱隱然有說不出的歉疚，暗望那管筆能讓他用上好一段日子。

若干年後重臨 Cusco，沒搭火車改乘飛機，住同一大酒店，以為可循這地標尋那小店，我可是連方向都摸錯。也奇怪，帶去一袋筆，竟無小孩問津。

區區一支筆不只一次令我感思良多。在緬甸蒲甘，高塔腳下，黃土地上，一個只有三歲的小男孩，跟在求售明信片與土布衣裙的哥哥姐姐們身後，小孩無比好奇，眼光光聽他們七嘴八舌講簡單外語，孩子不管好壞竄身進去插嘴，不知所云的隨著學舌，拿到糖果他笑的天真爛漫；我滿心歡喜的瞧著瞧著，渾然不覺蒲甘的驕陽漸朝西去，見這孩子大步大步來到跟前，我急伸手進袋子內，孩子以為會給他糖果，拿到手上卻是一支筆。小家伙一臉困惑，說不出的失望。旁立的導遊見了搖頭，對我說只顧掙一塊兩塊錢而荒廢學業的孩子前景堪慮，說得別有懷抱。他可是天天風塵僕僕帶遊客來古塔下買紀念品，天天聽任孩子們亂湊熱鬧。那又怎說？他由是唏噓，說以前是教師。問他可有趁歇息的空隙教孩子們唸書，他反問我：

「妳可有留意孩子拿筆在手的失望神情。」

我沒回答，抬眼遠眺蒲甘的無疆大地，見散落遠近的巍峨古塔，在金色黃昏下呈現不願與人說的惆悵。落寞的大地，迷漫如心坎黃沙。

不明白

凱悅酒店還叫「總統」的年代，是多少年前呢？凱悅於今已然改建為 I Square，有自己的地鐵站出口，從地底直上地面，去北京道去彌敦道，四通八達似置地廣場，氣派則遠不及置地。

越扯越遠了，回頭說我那晚在總統酒店所見。當夜飯宴的圓桌在最前面，可以對娛賓藝人的言行一目了然，無前枱嘉賓的嘻笑擾亂視聽，反應應更直接。通常藝人來港表演，酒店循例做點宣傳，當晚朋友是否被廣告吸引而請客捧場，不得而知，那表演的胖女士究竟叫什麼，我亦轉瞬忘卻，若有一分半分可讚賞，我自然會記住。

記得她肥胖，穿黑色低胸長裙，腮幫下夾住給神童登台表演的小小提琴，隨便拉兩下扯動胸脯作引笑的前奏，之後，以實實在在語調講不曉得已重複了多少遍的笑話，提聲說：

「洋船上，一漂亮的年輕娃娃，得不到各色男人青睞，羨慕那被羣蜂圍攏的女人。女人已然遲暮，船上許多玩意都不適合她，她亦划不來。可是哪，海風送爽時，酒吧又或甲板轉廊處，女人的笑竟然能令那些男人顛倒。見女人春風滿面，那娃娃熬不住了，終於，暗地裡問女人引誘男人的竅門。女人斜眼瞧她嫵媚一笑賣個關子，見她著急，方才老練的煙視媚行湊前，慢吞吞以尼古丁嗓音吐露：『年輕時我賣，如今我買回來。』」

胖女人說罷，誇張地拉兩下小提琴，豪乳惡作劇的抽動抽動，惹來哄笑。笑話本來不髒，髒的是那兩下動作，那些哄笑。

寥寥幾句，本含辛酸諷刺，不明何以作為笑柄。買與賣究竟有何分別？尤其這樣的買賣。這情況底下，不管是送出是收回，都屬虧損。美其名曰「愛」，恐怕也是自欺欺人的浪漫，如此浪漫，如此買賣，金額多高都太賤。

各有不同價值觀，很個人的觀點角度。這跑碼頭娛賓的笑談，令我想起百老匯歌舞劇《Porgy and Bess》的插曲〈Summertime〉。優美的搖籃曲，竟然被只顧銅臭與情慾掛鈎的俗人，將懷抱嬰兒的母親願望，搖身一轉，改為脫衣舞的配樂。

我們拍拍手

天文台警告，入夜可能懸掛八號風球。八祖三蘇倒是來了興致，尖沙嘴會所樓頭請吃晚飯，座中都是飽學之士，我呢——飽食之士。那一頓飯吃得我好開心，終於見到我喜歡的翻譯大師喬志高先生，前輩的學問才情與幽默十分灑脫自然，據說才高八斗的他當晚只是耍出點零零一斗而已。設若以後無緣再會，陳韻文更有憾然。

喬志高先生以外，還有那一天到晚向老婆大人認錯的蔡思果先生，我身旁的大聲公盡在講婦解，使得蔡先生又一句句我認錯我於是又認錯，遂令座中女士們無不自慚形穢，又不得不承認，曉得認錯的男人肯定別有馴悍竅門。倒有一點我不大明白，問不是，不問也不是，不問不問還須問：「蔡先生你為何叫思果。思正果？抑或思後果？」

八祖忙轉話題為蔡先生解困，卻免不了有不懼妻不懼虎的連聲說耐人尋味耐人尋味。有人趁亂遞紙條，示意我轉給八祖，以為是無言的抗議，以為有陰私，卻原來是故作神祕簡簡單單一句：「你今夜是三蘇是艾露比？」

怪不得有此一問，近日見艾露比專欄頻頻提及徐訏先生。今夜二人尋且排排坐。因那字條，我格外留神。徐先生似乎越飲酒臉越長，正經八百語吾等晚輩：「香港女人寫稿竟然用上吊兒郎當的字眼。這四個字不可用，是北方粗話。」

緣袖子圓圓格外敏感，挺起胸膛急辯：「曖喲好似唔係我地用㗎，好似唔知係咪司馬長風用㗎。」

好！話匣子打開，乾脆轉問徐先生：吊兒郎當究竟什麼意思，為什麼不可以用？先生堅不吐實。「堅」是堅持的堅，不肯老實講之謂也，跟「吊兒郎當」兩碼子事也。不管怎麼問，徐先生始終含話不語。詩人戴某啖一口酒啖出話來。清清楚楚「話」，非魯智深開口閉口的「鳥」，切勿有手民之誤。咿咿呀呀戴某人又加註一句：「這個不能講不便講。」

詩人本色，講了等於沒講。那好！陳韻文提聲：「講不出來畫出來瞧瞧。」

嗚嘩！風情萬種的何錦玲女士登時風情萬種一臉紅暈，軟聲軟舌軟身子輕責陳韻文。倒是紅花幫舵主查良鏞一急衝身，說吊兒郎當即impotent。哈！水落石出！拜託！這四個字不同彼四個字，勿當成粗話。胡菊人溫文爾雅，不亢不奮不徐不疾補充：「即是晚風不起。」這下子，陳韻文臉紅了：「那是在下的小說名字呀。只因經驗尚淺，寫來寫去摸不準筆之走向，終於不起。不曉得『郎當』與『不起』原來是親戚呀徐訏先生。」

臉紅！徐先生那一張青臉紅了。說英俊，沒徐先生的份兒，大學堂裡聽他講學，閉目方可專心，即如讀其小說，字裡行間有話沒話，受誘惑不受誘惑，全關乎讀者心裡的吉卜賽。

露比二話不說，輕舉琉璃杯向眾人邀酒，得體大方的為徐先生解窘。

圓桌對面，何女士邀稿真有一手，幾句軟語使得喬志高先生含笑頷首，貌似不便推卻又似不敢答應，思果先生見當中微妙，忍不住提聲慫恿：「應承啦，應承啦。」

聞言，喬先生未及反應，我身旁的大聲公已代為問價，也不待何女士開腔，竟然沒頭沒腦嚷著加稿費，掉頭又說什麼能源短缺，揚言老美要減薪了，教喬先生未雨綢繆。沒有人搭腔，酒大概乏味了，我敏感覺酒在呻吟。有酒無酒都十分清醒冷靜的蕭芳芳，腰板更直挺；無酒三分醉的張思嘉倏地拿摺得整齊的餐巾朝耳鬢扇扇，醉怨冷氣熱的難受。大聲公胡應一聲：「唱首熱歌妳聽聽。」話未完已推椅，拖著醉步上台唱熱曲。

見三蘇做個手勢，侍酒的會意，繞桌添酒。思果先生喃喃笑謂：「我認錯我於是又認錯。」惹得喬志高先生對侍應做個幽默表情，大手按住空杯，拒酒。詩人戴某給他心照微笑，握煙斗繞舌頭胡將粵語變法語，咿咿吟吟：「八號風球，吃酒當心，千萬別給吹落避風塘。」向來八面玲瓏的三蘇嗤的一笑顧左右問：「大聲公在台上亂唱個什麼，怎麼唱的好像得了發冷病。」何女士嫣然甜笑，嫵媚說近日流行的新玩意叫什麼 karaoke。說時，會所的大班曳著長旗袍婀娜經過，如春風盈盈如撫似撩，輕抹一下八祖後尾枕，柔聲軟語：「拍手啦，三……蘇。」

觸電！身經百戰的三蘇如臨九霄，騰雲駕霧笑語：「我看我們拍拍手吧。」

舊事重提

七十年代中，我在《快報》副刊曾經重提這麼一段舊事：

七月十五號，讀到一段新聞，是讀者將路邊所見記下，寄到報社發表，內容如下：

「在聯合道附近，一輛由外籍婦人駕駛的深藍色跑車與一輛由中國女子駕駛的啡色私家車相撞。意外發生後，兩名駕駛者均下車理論，中國女子突然被人掌摑，更聽聞該西婦操英語大罵：『我是英國人。』爭執因此更白熱化。一名警員到場，唯不懂英語，據目擊者稱，該警員初時偏袒西婦，但遭大批觀者斥責。後兩婦人被帶返九龍城警署調查，兩人願意自行和解。」

目擊事件發生的讀者，後來還加了一句：「在今天這個時候，難為那西婦還有這種說話。」

這新聞足以使人暴跳。真豈有此理。不明白那中國婦人怎麼可以自行和解，怎不控告西婦，應使西婦看清楚自己的醜態，讓她好好上一課。

那段新聞讓人讀後，聯想到許多類似事件。我想到有回因為準備電台節目，自一九一七年的英文舊報，翻到一段舊聞。是記述那年一月十九日星期六在跑馬地的一場球賽，南華乙組對英兵。球賽正在進行之時，一英兵襲一華人，球證要該華人離場，他依言離場，可是不旋踵，即被一下級軍官襲擊，他因而受傷倒地，要救護車送他去醫院。至於那英兵，獲准繼續參加比賽，而南華球隊仍在缺一隊員的情況下繼續參賽。那場賽事，英軍終以一比〇勝南華。

我在電台重提這件舊事之後，翌日即接獲一讀者來信，那位老先生是當日球賽目擊者，且將他所寫的摘錄：

「一九一七年南華尚在乙組，球迷甚少，最多不超過一千人，站立而觀，並無球欄，更不必收費……該南華球員梁棣芳，花名貓屎，踢正中衛，在水師船塢任職。是日與駐港英兵作賽，南華在進攻中，梁與該英兵爭奪，足球為梁搶去，英兵即毆打梁，梁亦自衛，但球證驅梁出場，梁已出場矣，另一英兵追出場外打梁，二人打一人，梁受傷，送入醫院。其後足總開會，議事絕大部分為外籍人士，華人只有一隊南華，且又乙組，更受輕視。會議結束，擇日重賽，據聞該兩英兵亦受軍中紀律處分。英人球證有否受警告，則不得而知了。」信末，這位老先生附言：「此後相信不會有此等事發生……昔日所受的不平等看待，與今日相較，真有天堂地獄之感。」

老先生的信距西婦掌摑華婦一事，不及一載。

不要奄列

過節了，又過節了。

昨夜，幾個人聚在一起泡酒，朋友吃酒吃出興致，給外國來的新朋友介紹一個個在長旗袍下風姿綽約的侍酒女郎，這個葛蕾絲，那個斐杜娜，環肥燕瘦逐一介紹，跨在酒杯邊沿的錫紙金龍，登時見驕人之姿。小姐們退下之後，有人笑問那請客的幾時做了媽媽生，他但笑不語，耍手，舉杯，邀飲。

新朋友不大熟悉香港人的送禮習慣，問中秋節該送什麼禮物給長輩，我推薦自己喜歡的冰皮月餅，叫他親自送去，好乘機表示月餅是他所選，罕有、並非例牌，格外好吃。驀地有人來一句：「真奇怪，有錢人不給窮人送禮，窮人反過來送禮給有錢人。請告訴我吧，這是什麼道理。」

這話使人酒醒，龍船酒吧突然在眼下轉冷，先前為羣芳擁簇的那位先生，面面俱圓的吃吃笑回他一句：「看受禮的人有沒有利用價值罷。」

嗚嘩！發出那問話的朋友恃著幾分酒意，粗話上口，罵啦，無比放恣，罵得真痛快。

然後我想起默片大師雷諾雅 Renoir 的第一部小劇《最後的聖誕前夕》，劇中有一句：「聖誕節是最無謂的濫俗文明。」

反傳統的文明人都覺得過年過節十分多餘，墨守繩規的文明人自有其溫情主義，也有攻心攻利的文明人，許多時溫情包裝內夾雜許多因素，此雷諾雅所指無意義的濫俗文明尚未被淘汰。

在《最後的聖誕前夕》，那些飲飽食醉披著皮裘的富人，忽然在那一夜動了善心，要行善，脫下皮裘披到路旁的窮人身上。一種毫無意義的虛榮為人詬病，其實此類假善無傷大雅，若能輔助真有需要的人，無大害，反而變得有意義。輕蔑歸輕蔑，不如望富人虛榮的一擲千金，好刺激同類人更高的虛假善舉，行更多的善，此乃文明裡面的複雜溫情，雷諾雅輕描淡寫兩三筆，刻劃至深。

這短片無音無語，雷諾雅只讓驟然呈現的幾行字，突顯他要演繹的故事。小劇開始時，意氣風發的富人付錢給又老又窮的漢子，要他站在飯店窗前，看他們吃喝，算是一種娛樂。飯店經理反而送大餐給窮漢，請他消失，好使其他有錢客人不見窮人的寒酸相而吃得開心；至於那窮漢，他連餐具都有考究有要求，結果沒用餐，就跟曾與自己廝守多年，一同做過不少繁華夢的老女人，綣伏在莫名其妙披到他們身上的皮裘下，安詳逝去。文明至此，至為透剔，所謂溫情顯得至為徹底。

雷諾雅的三部默劇，都寫文明人，文明人的溫情、文明人的隔膜、文明人的情操，細膩中有使人回味又回味的深意。在港大與三聯的講座我曾準備放映雷諾雅其他作品，結果因合作的人另有一套價值觀，我見道不同，放棄套用。其實他的默劇，以及雅博思耶魯斯坦米早年為伊朗電視台拍攝的，有關兒童以及遺少遺老的短篇，總使我想起從前編寫《北斗星》、《屋簷下》、《ICAC》，那些具社會議題的單元劇。我又不禁想，雷諾雅以及雅博思的作品都足以讓今日香港的電視劇借鏡，然而，那還得看究竟多少有心人、有心無力的、怕麻煩而得過且過只求方便的，又有多少方才動念即已因外來因素而洩氣的，又有幾多觀眾不甘於老是看爾虞我詐勾心鬥角的長篇劇。太複雜！好比送禮，送出之前諸多斟酌，被數不勝數的利害關係羈絆，能得心應手成事都幾稀矣。

我也想，文明以外來點誠意與溫情，不妨做月餅，唯請做得精細似冰皮月餅，千萬別塞進十個八個蛋黃作餡，那不是月餅，是奄列。

婚姻暗流

有一回我說黑澤明的《蜘蛛巢城》性感。自詡懂電影的即怪我妄言。朋友見我困惱，教我別理會那家伙。各說各話，對電影的感覺其實很個人呀，他說。嘿！說的甚對。我於是依然故我，講自己感覺。別人硬要插話，由他去。任何人都可以有他自己的感覺，這叫做「自由」。

好啦！講《婚姻暗流》。

英瑪畢克曼拍這部電視片之時，絕不賣弄鏡頭花巧，大膽決斷將鏡頭固定在一個位置上，使戲更有凝聚力，觀眾不得不全神貫注。那直似在自己屋內，研究另一個家庭的問題。這電影腳本出自他自己手筆，第一場戲即安排有鬍子的攝影師出現，到訪問進行的時候，只聞攝影師的聲音自鏡頭後傳出，觀眾從攝影師的角度理解被訪問的人，代入了攝影師的身份。代入之後更專注更投入，將眼作為攝影機攝錄所見，將耳作為錄音機收錄所聞，於腦海中過濾、沖印、仔細琢磨，然後獨立思考，自行判斷。

Scenes 怎麼譯做「暗流」，真要問。

婚姻雖有暗流存在，英瑪畢克曼並沒有一下子標題圈點，他含蓄地請觀眾細味。這段婚姻實在有使人咀嚼再咀嚼的細節，其中一句對白已然道出隱憂，這是莉芙烏曼飾演的妻子瑪莉安，回答記者的話：

「昨夜才有人跟我們說，十分缺乏問題的本身就是嚴重問題，我猜想這是真實的，我們這樣的生活總有點危險，我們也警覺到這一點。」

沒有錯，正是這一點作怪。她丈夫還說呢：「生命有妳所給予的價值，要不是太多，就是太少。我拒絕在永恆的眼底下生存。」

這以後，夫妻二人都要衝破那包得好好的糖衣，平和的表面使他們不安，使他們莫名其妙的納悶，終於困擾不堪，終於失去平衡。究竟要突破什麼？若果這是庸人自擾，愚昧彷彿是一種祝福了。

開始時候，夫妻間中捉手撫摸，手要安放而不知如何安放，意識與潛意識之間，已暗示個中矛盾。然後是另一對夫婦，很強烈的對比……啊！庇庇安德遜，真喜歡她，活脫是劇中的嘉特蓮娜。她將我們女人深埋的劣根性抖擻出來，演繹得十分淋漓盡致。是悲哀，波動的悲哀，難道深藏不露的悲哀就不是悲哀？痛痛快快發洩後，餘下的又是什麼？互相撕扯對方的感情，可能是一種獸性，應該是極原始的溝通，有其率真存在。可是包在文明外衣內的莉芙烏曼，卻認為這無疑是了解不足，是缺乏溝通的表現，是夫妻二人不講同一語言所致。

「有時候好比夫妻倆透過不對勁的長途電話通話，又好比同時收聽預備給不同節目的兩餅聲帶，有時又彷彿是太空外的極大緘默，我不曉得究竟哪一樣最恐怖。」

不住的衝激摩擦，求的是什麼？英瑪畢克曼在《婚姻暗流》裡提出的問題，是很現代的問題，很現代的矛盾，是不安於表面的和諧。他花三個月時間寫這劇本，卻始終沒琢磨出結論，或者沒有結論的本身就是結論吧。劇本的對白精警地發人深省，更含精湛哲理，可惜沒有最後答案，就好比片中男女，對瞬息的歡愉不滿足，偏預先憂慮未來的不安，不抓住已在掌中的，偏要把手鬆開，去抓那無形的。結果兩空。

《婚姻暗流》其實言有未盡。畢克曼後來坦承，指出庇庇安德遜飾演的嘉特蓮娜和她丈夫彼德的問題未了，應該更落墨讓他們發揮，惜乎莉芙烏曼飾演的瑪莉安和她丈夫約翰已佔去許多空間。

畢克曼為了使各種形狀的「婚姻」問題更清晰地剖析，決定拍攝另一部電影，給嘉特蓮娜和彼得這一對夫婦更多空間演繹，接續更透徹的話題。不過不叫《Scenes Froma Marriage》，換一個名字，是《From The Life of Marionettes》。其實這兩部電影都脫胎自畢克曼的敗筆之作《Love Without Lovers》。

英瑪畢克曼所寫的婚姻，跟杜魯福的婚姻有很大距離。英瑪畢克曼的作品讓我深思，令我成熟。

譬如朝露

「妳在這兒。比對我自己的存在，妳令我更有所感，要是妳能夠在這兒，那豈不更好。此情此景，妳和妳那可憐的小腦袋是沒法想像的。」

沒法想像什麼呢？這最後一句予她無邊的遐思。情書輕輕掩唇，紙香隱傳，如夢，如他的呼吸；她微笑，輕揉可憐小腦袋上秀髮，這黃昏才漂上一抹淺栗色，他別有靈犀，心眼裡見到啦，所以喜歡，所以提到小腦袋吧。情書內他也真夠含蓄，雖未言盡，她已會意，怎可說小腦袋沒法想像呢。此刻她思索良多，軟綿秋被內彷彿有風，挪腰挪身，她嫌沙發太小，最好能容得下兩個人的呼吸，現下任她指掌愛撫的絲絨，與她肌膚廝磨，予她虛幻寫意的存在感，而他很懂得存在，她不禁微笑。啊此刻任誰進門來，目光若投射到她和她這張沙發上，必然欣羨那幾度又幾度的春夏秋冬。

偷眼看那邊角落的丈夫，佝僂的背影越看越令她感到陌生。自那距離，她無從看到這個越來越陌生的男人在忙個什麼，不曉得這男人身前書案上又是什麼，才不管他呢，休管他。

「我站在妳跟前，凝視妳那令人動心的眼波，妳說他雖然口中沒講，可他心裡承認，沒有妳肯定活不下去，所以妳不能離開。我認為，倘若這不是他掩飾的理由，這必然是妳腦袋中的飾物，妳下面沒法安寧的身子，正在輾轉難安吧。」

她抓著秋被，有如挪動閉風的長裙，彷彿撥弄枝葉下微湧的水波，秋被下心底內，她暗自撒嬌：「我不動了。你來划。」他依言轉身，已然會意，他微笑移動。看在眼內她心底迷糊，渾身發軟，恍惚跳完一場現代舞。

在維也納不為人見的角落，遠離熱鬧人煙，依稀見他貼近聞他私語：「河畔那古老的小酒店，可以使這星期天更完美。」

她低笑，眼睫上有微風，眼波中有輕浪，秋被下的身子微抖，情書中他回應：「妳又來了。」聲音低沉，猶如可憐小腦袋內思索的迴音，只有她聽聞。

圖片裡的維也納令人流盼，這小小的船怎麼划怎麼划呀，她也曾問。此時她含住話。

丈夫伏在那兒幹什麼。案頭上放著什麼。

「首先，我得問妳，星期天妳在那兒寫信的公寓，是什麼樣貌，寬敞而空虛嗎？妳單獨一個人，白天晚上孤獨地一個人，在一個美好的星期天下午，又獨自坐著，又面對一個沒有面孔的人麼？」

背對著她，丈夫伏在書案上，燈下的熊腰厚背似乎不曾移動；只有她秋被下面的身子，跟那可憐的小腦袋在思索，在探索。

「現下，妳在我意念中，我可是已渾忘妳的真正容貌呀。只記得妳終於離開那咖啡店，桌與桌之間妳的衣裙，妳娉婷的身影，至今依稀在我眼前。」

情書輕掩她的唏噓，沙發似乎容不下她的呼吸，幾度又幾度的春夏秋冬，剎那又剎那的情人，這世界越來越渺小了。

丈夫在燈下清喉，提高了嗓門：「又哭了，尿尿啦，敢情又撒下一泡尿。沒聽見小家伙在哭麼？有腦沒有？去餵奶。」

怎麼可以在她讀情書讀至高潮迭起的當口撒尿呢，孩子和這老家伙都不解溫柔，不浪漫，一切徒然。她歪一歪嘴角。

「聽到沒有？」丈夫推椅轉身盯視她。

丈夫燈下那張臉，凹凸如烘焙不妥的菠蘿包。她只得揭開一被窩的無可奈何。因孩子撒尿，連情人都譬如朝露了。腦中飾物隨風去，無可如何，她只得放下——《卡夫卡情書選集》。

耗子無情

年輕女人要離去，年輕男人不加挽留，自負將來能夠找到更好的。久閱世情深諳冷暖的老人，自一旁規勸：「舊袍雖破，然已貼身追隨多年，將就著罷。」

逢著要橫心棄雞肋，總念及老人之言，一再徘徊，反覆再問：已貼身追隨多少年了？

我手上曾有一支 Lamy，積年累月的用，原本烏黑的筆桿，已磨至發啞；多年不見的同窗，見我用筆用得純任自然，將筆拿到手中，撫筆良晌，突然說：「這筆妳要給我。」見我張嘴呆愕，又加一句：「留個紀念。」

曾經游說他用我送的新筆，尋且偷以新筆替換，無能混回，不解他緣何有此心態。握新筆在手，覺指節生硬，走筆紙上，好比在陌生環境中尋路；一段日子之後，遇文思不暢，自然念舊筆，頷首看指節之間握著的，黑色粗桿上不見汗光，自有未知何時見心采的感慨。

我喜歡與腳同呼吸的布鞋，喜歡長及腳跟的棉襖，都隨我在家裡廝磨，已不知多少歲月；棉襖手肘上已結補丁，腳下布鞋越踩越薄，幾已成薄漾鞋了，穿堂入室之時，總有人搖頭，問我何時換新行頭，我說我只求潔淨，捨不得丟棄，尤其是那破長襖。

新襖領口喜與脖子作梗，北風又偏愛竄進那兒，袖子只予我有限的自由；不能在飯桌上縱橫霸道，斯文清醒的火鍋欠意思，啃不出味兒，縫工精細的口袋，抽不出柔絲，抽不出可託的感情，說什麼都是舊的好，沒法下決心換新襖。

有年買回一對無頸淺啡色薄底猄皮短靴，穿在腳上，彷彿腳板躺臥綠茵上，無比舒適，從此結緣，翻山越嶺總帶著它，同踱同渡萬水千山，跋涉七八載，靴底無恙，襯裡可是已困腳，後來跑一轉歐洲，靴子已現疲態。歸程上，衣物過多，騰不出空隙，容不下破靴，幾次三番丟去又拾回丟去又拾回。不忍把它留在客店的廢紙箱內，終以粗繩繫在隨身行李的手把上，再領它闖關。

回老家渡假那年，適逢公益金百萬行，未至終點，靴子與我已然吃力，都張口喘氣了，可那破靴仍不負我，助我走畢全程，是它走的最後二十點三公里。以後一直閒置牀下，不管家裡人說什麼，我不肯丟掉。有回驀然思念，翻身下牀，牀下空虛，洞黑中不見老伴。問傭婦，說是耗子啣去了。

這幾年，每遇淺啡色無頸薄底猄皮短靴，駐足，可是連問兩句的興趣也抖不出來。腦後仍惦念那曾經隨我走天涯的老伴，總是失去的最好，失去的最好。耗子無情。

映照

印度政府才準備自喀什米爾撤離五千常駐軍，電視上即見 Srinagar 的商店紛紛關門，因怕回教極端分子反丹麥的熾熱怒火燒至門楣，一盞盞矗立道旁申訴那無盡坎坷的朽木禿燈，一再提起他們詩人 Agha Shahid Ali 的唏噓：

「那兒但傳血之訊息，那在外面的喀什米爾。」

四十年前 Dal Lake 湖畔船屋陽台上，我享受大吉嶺的薄荷茶，船家細說 Srinagar 意即太陽之城，他們的香格里拉，而古波斯的 Hafiz 和 Khayyam 曾在這傳奇的山湖泛舟，吟詩唱遊。而我在那日落黃昏，看著厨子立於地氈邊沿外，展示脆紅烤鴨。自那必恭必敬的模樣，大可感覺到英國人當年在這殖民地的優越感，也明白今日緣何只容許廣置船屋，禁賣土地，只因生怕敵人把喀什米爾難得的土地，拼紙板圖片一樣逐塊拼合，逐畝地購回去。

那年，我這遠方來的客人，住進五十塊美元一天，三房兩廳的白宮，對！白宮。這湖上也有白金漢宮。那是一九七二年的價錢，四十年後，我曾經一度起意，要回去看看，問價，價錢依舊，白宮白金漢宮伊甸園同價。

那清晨推窗遠眺，正思量僱舟遊湖，忽見藍色翠鳥憩息柳枝上，我未及趨身，滿扁舟鮮花順著搖櫓韻律漂過眼前；舟子輕輕一聲叫賣，如歌，引出我赤裸喜悅。今日惶懼閉户的店家，心中眼前可有藍鳥，沙包鐵馬恐已壓下沉重句號。喜瑪拉雅山腳下静謐相安景象已不復還。那年在地氈織機前稍歇，吮兩口水煙的小童工可有成長？那遙望谷林遠山憶念英人統治歲月，拒為印度順民的回教老者恐怕已經走了。有說九十年兇殘的種族衝突犧牲了七萬多人，看來今天不只此數。

「從此引致絕望與狂憤，然後只有狂憤，然後只有絕望。」

Agha 這詩句使我想起巴勒斯坦的但維茨 Darwish，他也詩寫絕望：

「真實是兩個面孔
雪降黑在我們城市上
除了現有的絕望我們更絕望。」

但維茨（Mahmoud Darwish）也有譯為達維殊，或達維爾什。我給他一個中國人的姓——但。但維茨的家鄉 Al-Birwa 被以色列人剷除那年，他才九歲。隨家人顛沛流離，不管生活如何艱辛，他竭力求學。畢其一生鍥而不捨以文字刻記自己民族那不甘被淹沒的如粟之命途，以及巴勒斯坦浮沉滄海之眾生影像。

但維茨才十九歲在學術及政治論壇上已備受讚賞，自幼離開在 Carmel 山上的故鄉，他形容為「黃昏溶溶於吻的一座山」。縱使家鄉被剷除，在以色列的地圖上亦已被除名，然而因但維茨煊赫的存在，那小小村落在世人眼中並未被埋沒。

但維茨足跡遍天下，也曾去台灣，除了講學，也宣揚巴勒斯坦的立國理念。除了寫詩，他的著作甚多，已廣被翻譯成二十多種文字，在亞拉伯國家影響力尤其廣，在巴勒斯坦更不在話下。二〇〇七年，哈馬斯與法塔赫內訌，他憤然譴責：「這無異於在街上公然自殺。這使得巴勒斯坦更無可能立國。」

在美國，從美洲印第安人對被掠的鄉土所背負的感情，他領悟到萬物與天地同生之真諦，更由此了悟積結的怨恨終會侵蝕自己，不得其法釋放的憤懣並沒有把困頓燃燒掉。但維茨觸動感知的詩句勘探共存之真義。二〇〇〇年以色列的教育部長要將他的詩印在中學生的課本內，雖引爭議又未見成效，然而，那利刃出鞘的短暫光芒已經令人振奮。

二〇〇八年但維茨辭世。遺體從德薩斯州的侯斯頓經約旦，送回巴勒斯坦的拉姆安拉市 Ramallah。該市市長正式宣佈，但維茨遺體將會在拉姆安拉市的文化宮讓人瞻仰；巴勒斯坦的領導宣佈全民哀悼三天，尋且說但維茨不只屬於他的家他的故鄉，也屬於巴勒斯坦人民。因此決定，但維茨將葬於文化宮附近的神社，讓他在那兒俯瞰耶路撒冷。

反觀喀什米爾的 Agha，自我放逐，定居美國，印第安人的際遇沒有給他啟迪；解不開母親纏抱他的宿命鬱結，邁不出深植意識裡的窮困囹圄，放不下千年文化的包袱，詩句格調雖露異采，然沙包鐵馬隱約可見。

Agha 在一九九六年接母親去美國治癌，翌年送母遺體還鄉安葬，憶念的詩篇終釋出感染力；他卻突然在二〇〇一年十二月撒手，休止一切對他的期待，他壓下沉重句號：

「死亡——那麼快——夜中轉化為貧窮。而貧窮呢？夜裡又瞬即是死。然而是誰的訊息送達死之幽谷？他們不是死亡，是破曉中貧窮。他們來自神祠。在神門磚檻上斷頭之後方始到來。」

從但維茨的譯作，我認識 Agha 的詩。Agha 的死使我重讀他以及其他人翻譯的但維茨作品。現不管是何命題，詩與人生都十分個人，如休如咎，且看是從乾坤哪一端映照。

心血安在

那天，去香港博物館，看伍靜波先生修補古玩。他動作細緻，頭腦清晰，於無言中與手上古物有情感交流。觸摸古物之時，指頭細意的動靜，在在傳思古之情。我越看越有感覺，看的入神，渾室屏息靜氣，凝聚著浪漫的感性。

清除古銅上的銅氯，看似簡單，不過是以針刺探銅氯深度，再以電解原理除去氯化合物，再放進穩定性溶液內，未被清除的，經此步驟必然已被穩定，既然已被穩定，不再有質變；然後還有紅內光烘乾，都有一定的道理，只是沒料到道理之內，也蘊含感情，所以浪漫。倘若中學時期我已領悟個中曼妙玄機，我的化學物理可能不至於無可救藥的笨鈍。

紅光之後，如何將已肢解逐一接合。我們錯手跌爛的，雖已破碎。伍先生默然挽回將要失去的，靜靜留住將要失去的辰光。

後來茶敍，伍先生於言談中道出再創造的喜悅。眼看著時間支出以後，見將逝的感情日漸濃郁，憑那般切盼望，支離破碎的日漸復合，至較為具體型狀。在那不言而喻的喜悅中，彷彿見辰光倒流，於他於物都躍躍然，有再創造的滿足感。

那種喜悅是很個人的罷，問他若然見久病的患者痊癒，會否同樣歡欣。他笑了一下，說：「我本來學醫。」然後補上一句：「我寧願醫物，人有太多牢騷。」

六八年在吳哥窟古蹟前，導遊滔滔不絕從我們的歷史，帶到他們的歷史，他手撫的一角古蹟，已露積年累月的微綠汗光，又見今人在歲月中凝注的心彩。

在疲態畢露的角落，我見杉木支撐著石垣樑柱，見法國修復古物專家在忙著搶修。古蹟邊沿又見正在建造的大型酒店，車子掠過之時，掠見一鱗半爪的複式氣派，法國人的現代投資。

沒多久，柬埔寨戰事爆發。思念中，我見那酒店的赤條條枝幹，無可奈何由雨淋日曬。炮火中，吳哥窟可有倖免？最後撐持的杉木，又能支撐多久？別說像吳哥窟那樣的建築，那已被犧牲的人才，能復活否？

美國人要幫柬蒲寨改朝換代，幾番更替轉色為殺戮戰場，二十多年後我重訪柬蒲寨共三次，曾寫下長文記刼後遇見的人與事，記感慨。想放進這集子內，卻因家居大裝修，不少書稿裝箱存倉，沒法找到，只好留待將來整理。現下要說的還是那句：

一個被自己人連根拔起的國家，又誰來修復？

後來去印尼惹耶，去 borobudur 看比吳哥窟歷史還要悠久的佛教遺跡——積德寺院。這建於公元八〇〇年的寺院，遠不及吳哥窟宏偉巍峨，可是牆上所雕，對佛有更詳盡的介紹。回教徒曾恣意破壞，又因為地基不穩，已有歪倒現象。荷蘭的專家已定十年的修復計劃，自一九七三年始，即忙於搶修。我去時是七二年，其時見牆與牆之間杉木，見簷下牆邊測量濕度的儀器，見釋迦頭上滴水，想吳哥窟，見那些在古牆上苦修的專家，見心眼之間所滴的血淚。

今日見浸於蒸濾水中的古銅，想修復古蹟的專家們，念他們的無私情懷。殺戮戰場上的莽漢，焉有如那些學者專家，如伍先生的細緻心思。莽漢眼中的水不過是水，物是物而已。對文物無絲毫感情，焉知專家們不辭勞苦挽頹垣於危的意願。轟然炮火後一切化礫歸土，俱已成灰，心血安在。

隨便說白光

那天，原想回家吃中飯，小睡躲懶至精神飽滿才回五台山開工，正要神不知鬼不覺溜走。突然，背後有人高喊一聲，聲似譚家明，一縮頸脖我轉頭，赫然見他和葉潔馨。幹嘛？去見白光。

聞說要跟白光午膳，我欣然感覺已坐在白光旁邊。隨著他們奔赴天文臺道，滾動的車輪曉得飛，仰臉迎向窗外涼風，望驅散睡意，奈何眼皮不爭氣，閉目養神。譚家明給我心理準備，說白光可能有興趣演電視單元劇，將會由葉潔馨監制。至於陳韻文，待會兒只須感覺白光，將來寫劇本，這感覺很重要，譚家明如是說。我閉著倦眼呆呆的聽，腦筋疲累如將要停止擺動的時針，只顧得想我們比約定時間遲到，這下子一定惹怒白光。想像中這頓午飯會得如坐針氈，焉料在進入飯館的剎那，乍然逼現眼前是白光爽朗的招呼。明媚燈影下，她的風韻令我那已倦怠的想像力鮮活起來，我豁然明白譚家明為什麼要我感覺白光。結結巴巴坐到偏側，那當下我眼前的白光如一幅畫像，黑色短外套內的白襯衫，沿貼領邊的白色通花蕾絲，俏她，不柔不細，卻含通情的語言。

坐下之後，我們說的很少，都在聽她的，我本倦極求睡，邊聽邊瞪眼，漸以眼前白光與電影裡的白光相比，不期然讓她的話音套住了。

她講荷里活，講荷里活的大亨，講電影界的人有騙錢的一套把戲，講侯活曉士，說話時她喜歡以手勢做表情，活脫像個意大利女人，講到珍娜羅露寶烈吉妲，她彷彿憶述自己逸事。那身段表情，令我想像侯活曉士會為她著迷，會請她坐到飛機駕駛座旁。我傻了眼，她是否代入了羅露寶烈吉妲？我腦袋猶如電影大亨操控的小飛機，半空中旋呀旋，睡意消失，可不敢亂猜，也來不及亂猜，因她話以後還有話。

她講周璇，珍惜的語調令我們不熟悉周璇的晚輩都想周璇。到今天，我還記得她輕弄著叉子嘆息：「何必那樣欺負一個弱女子呢。」聲音裡有輕微顫抖，隱含哀訴，又有幾分激動。周璇命途多舛，感情總被玩弄，辛苦掙來的錢也被騙光。餘下什麼？呆對白光，心底下悶著話。

她說：「我的歌是唱著玩，她才真正唱得好。」這話裡頭已經有歌，是〈四季歌〉吧。周璇在《馬路天使》裡面這首插曲，白光也曾唱，風格迥異。白光哼唱時彷彿在演歌。歌聲中滿含生活況味，有不容否定的存在空間。周璇的〈四季歌〉是另一種情懷，可能因有畫面配合，又先入為主，所以感覺很不一樣。那下午經她提起，周璇歌聲依稀可聞，恍惚見周璇邊唱邊繡荷包；而白光娓娓道來，她內心蘊含的感情，令人不知不覺被牽引，又被套住。她對周璇的憐惜之情，今兒記起，猶有餘蕩。

然後她講李香蘭，講李香蘭的政治手腕，轉而以硬朗語調講自己當年在日本人中間如何硬朗。話裡，又似乎揉合了一點李香蘭。

白光滔滔細述之時，我忽爾感到那滄桑之中令人佩服的一面。她生活過來，多姿多采的歷練，非我僅有的人生經驗所能比擬，在她跟前我自感單薄，由是默然，在她話中默然。

中飯以後，我整個人醒轉，乍然開竅，方才明白生活是怎麼一回事，醒悟到生活。

回程車上，先前沉默的我們都挑動了話頭，原來在白光話中默然之時，幾個人腦子裡想的都一樣。

譚家明說：「這樣子從第三者的經歷講自己，是很高明的藝術。」

葉潔馨說：「若妳的劇本有如此精采獨白，我佩服。」

多說兩句大長金

電話線內聞我聲，遠近親朋往往不期然問一句：「妳又在哪兒？」彷佛認定老伴與我這些年雲萍無寄，殊不知我倆早已如梁實秋先生說的：「客身如寄寄如家。」久已寄情書卷音樂電影，隨興閒灑天涯。

這年春天蹤跡南美之極南幾至忘返，因逾月不知南洋勢情，歸家即看電視，恰巧見《大長今》姿采，香港網上報紙上又見《大長今》風靡，遂捧它七十集回家熱鬧個兩天兩夜。結果金睛火眼無法靜恬水土，又復出門，上北京探望嚴浩。

應是七月艷陽天，那日午前的後海可是天淡雲閒，無比舒懷。沿水畔闌珊步至「孔乙己」。這飯店典雅。正因其典雅，我禁不住要說：千萬別驅車至樹下門前，莫擁擠進只容瀟灑獨賞的院落，讓恬淡歸恬淡吧。

靜室寫意，且安坐，眼前小缽子小白米飯中央一顆別致的雞心棗，悠悠似長今置於御前小菜，而我樽前與舊時同儕共進暖酒，乘酒酣絮絮叨叨。

我說吶老嚴，食以至食療乃《大長今》賣點，伸張女權又是這時節放諸天下皆準的市場靈藥，那似同還異的文化情愫在眾多華人聚居的東亞大城自然別具風采；放在講究養生又以享受私房菜為身份象徵的香港，《大長今》正正對穴而針又對針而灸了。日復一日按時收看的小姐太太們不可能只為追捧閔大人吧。

酒喝的不少，嚴浩猶似從前，臉圓眼圓正經耿耿慢吞吞，說：「這劇集無疑令整個亞洲門戶大大開放給韓國人。」

一句話乍使我思前想後。

數年前青春浪漫的韓劇在香港及東南亞各地熱賣，生意人捉住契機借韓劇面貌推銷旅遊景點。我裹足不前，只因沒能抖掉三十多年前路經首爾被無禮搜身的陰影。至二〇〇二年世界盃，大韓激昂的民族意識令舉世矚目。我才禁不住對漢韓文化的淵源好奇，一遊南韓。

那份好奇實在始於二月河小說改編的電視劇《雍正皇朝》。那期間我們正好將二十年來塵封於加拿大地庫的幾十箱書運回身邊。滿懷高興翻箱倒櫃，讀到研究清史的學者引據朝鮮使臣的漢文記載，又碰巧於書坊中找到好幾本韓人所存，近年交回中國印行的孤本及稀見小說。編輯借前言引出明朝陳繼儒的一段《太平清話》：

「朝鮮人最好書，凡使臣到中土，限五十人，日出市中，各寫書目逢人便問，舊典新籍，稗官小說，在彼所缺，不惜重資購回，故彼國反有異本藏書。」

我於是轉個方向尋讀，因而知中韓關係可遠溯至春秋戰國；唐太宗增設太學之後，來深造的韓國人絡繹至宋元明清。濟濟人才歸國必被重用，也自然推崇漢文化，因此更引發各朝君民對我國風物深感興趣，連鄉學私塾都以中國經書為教材。此所以《大長今》對白中，可聞人提及楊貴妃華佗孔明孔子等大名。《三國志》於十一世紀初自宋入韓，小小長今進宮時已是十五世紀，當被考問曹操因何出「雞肋」一語，小姑娘對答伶俐。其時李朝學制完善，少年閔大人中科舉，中宗親題面試。編導借此引出《大長今》的歷史背景，以及中宗的治國抱負，更一筆圈點閔大人教育背景。閔大人得賞御賜恩榮宴之時，少女金英遙對殿門拜別年少閔大人，看似是閒閒伏筆，然編導已深深刻畫金英對閔大人長年不願離捨的愛慕。

《大長今》以李朝世宗開始，卻不提世宗推行韓字，只見青黃不接時期，背景板壁上依舊懸掛漢文書畫，閔大人仍教《詩經》，及至長今默默以韓字筆錄，寫下須記項目，畫面上方才見漢文被靜靜更替的歷史痕跡。劇集末段，中宗垂死時命閔大人速速帶同不能容於朝野的長今遠奔大明，隱隱流露他此生心懷憧憬，病眼隱含知不能縱身相隨的無奈，而及不願瞑目之悲切。編導幾乎不著痕跡寫出漢韓文化的情意結，細細牽動周邊國家那些或多或少植根於漢文化的觀眾感情，大大推展了韓劇市場，連自視甚高的日本人也為之傾倒。

近年遊日本，見日人漸多用漢字，我曾一廂情願的想當然，直覺是國內製作《三國》、《水滸》與《西遊》等劇東傳之後的感染。我暗裡盼望港劇有後繼之力爭一口氣，焉料見《大長今》席捲東亞，而港劇仍以蹂躪金庸作品為樂。

北京回來又跑台北訪友，書店裡挖出更多資料，方知《大長今》小說與劇集開篇未幾，那瞬即消失的暴君（燕山君）在位時曾命使臣赴大明購《西廂記》、《剪燈夜話》。宋宣宗為搜幾近亡佚的古籍，差人遠赴高麗網返百餘冊。高麗朝忠肅王亦曾遣士來購書萬餘卷，當時元帝竟慷慨送贈四千三百餘冊宋朝祕閣藏書。幾則數字已凸顯二千年來東傳書籍之繁多。曾經一度，在漢文被摒棄之前，善用漢字的韓人以仿漢文著作為驕傲。

研究漢韓文化的游娟鐶女士指出韓國古典小說《青樓義女傳》似我們的《杜十娘怒沉百寶箱》，可惜情理不通，結構不嚴。這部一九〇六年在韓國報章連載的萬言小說完結才兩個月，竟赫然換名轉載於筆寫本《五玉奇談》，尋且藏於高麗大學圖書館。從大學藏書到韓國學者送回的異本古籍，足見那口文化古井並未全然乾涸。《大長今》既已打開方便之門，電視又是普及交流的文化媒介，香港電視製作不妨自兩國近似的小說中淘出可用題材，藉異同之處，尋可融匯之點，借古人東傳的文化遺產探討可交相傳承之薪火，讓周邊區域的觀眾，特別是大韓觀眾，重拾故人對我國文化的感情。

寄語香港的無線電視：苟且不得，不改淺陋積習，仍舊拿錄影機混混如答錄機，徒惹人訕笑，不如藏拙。

困惑

二〇一四年《小心》小說集出版，我若不回港參加出版社的講座，不會有港大的通識課；電影資料館主辦「編劇的困惑」，我若不去插嘴，久埋的「困惑」若不被逐一勾起，我哪至於因言有未盡而在此補兩句。

《歸去來兮》，許鞍華導演的 ICAC 電視片，於劇終前鳥瞰幾艘水警輪圍攏潛逃貪官的遊艇，配樂是馬勒將家傳户曉的法國童謠繹轉為〈喪禮進行曲〉，將簡單兒歌改為獵人扛抬小鹿穿過茂密樹林，馬勒藉此闡述命途多舛，人性之不可測。這特別的〈喪禮進行曲〉，我聆賞時往往想像穿越前景莫測的樹林，腦中樂韻迴旋，我伏案埋首寫《歸去來兮》，自樂曲給我的想像牽出更深層面的含意。曾與許鞍華提及，她拿去了，是否靈犀吻合，我甚懷疑，不敢樂觀。三十多四十年後，講座中放映《歸去來兮》劇終的鳥瞰畫面，提到這段音樂，一年輕觀眾竟然責我不該將 ICAC 英雄化。我指出設陷阱搜捕或用獵槍射殺，皆非英雄所為，選用這〈喪禮進行曲〉，是為罪惡因果畫下句號。

《歸去來兮》開篇，ICAC 與 CID 聯手冚黑市賭場，自保險箱搜出貪官的巨額借據，這正是後來將貪官繩之於法的有力証據，尾場戲與開場戲有其因果的牽連作用，導演若從第一場即已調度得當，又具功力貫徹整部戲的精髓，觀眾絕無可能像那年輕人摸不清黑白忠奸。我問他可有留意《歸去來兮》的開篇，他答不上話，一臉懵然。

在不同場合的講座，在放映《歸去來兮》之後，一女士問我怎不著墨寫貪官畏罪思逃。

觀眾誤讀《歸去來兮》，可歸咎兩場重頭戲的失誤——

貪官趙有福（田青飾演）夜宿 ICAC 陋房，憂戚至無法入寐，蓋一張毛氈又問看守他的探員（劉松仁）多要一張毛氈。劉松仁細讀陶淵明的〈歸園田居〉，刻意引導他省悟，惜乎田青並不接納劉的間接勸喻，雖聞「誤落塵網中，一去三十年」，仍不思自省，只憂慮身將繫囹圄；劉松仁句句畫外之音是恬淡田園的白描，與田青的輾轉反側相逆相違。田青在牀上窮思可解困之策，可逃遁之路，將纏身的毛氈揚來拂去，最後負氣噴一句：「久在樊籠裡，復得返自然」，一句徹底顛覆劉松仁的善意。劉因此更見此人狡黠心思，心裡即有所準備。

劉松仁立定心腸的心理反應緊扣下一場柔道館，劉和另一 ICAC 探員關聰在柔道館的出現，可因這場戲的伏筆而緊見張力；若果，導演把這場陋房唸陶淵明的戲拿捏準確，若果，導演將兩演員到點到位的微妙心理反應把握到，伏筆必然盡顯；卻可惜，導演最後將攝影鏡頭從應有凝聚力的陋房拉出，莫名所以的緩緩拉遠。貪官心理因此含糊莫辨，戲中含義因此軟不見力，顯然與劇本原旨相違，如斯轉折遠非我一管禿筆能操控。沒看到拉遠鏡頭之弊，反而怪編劇沒著墨的大有人在，就如那位女士。我哪能不苦笑。

說到柔道館，那一段戲的場面調度如落雨收柴。劇本寫田青飾演的貪官趙有福在出逃之前，去柔道館探望兒子，長凳上心亂如麻，看著不知天高地厚的孩兒玩樂。劉松仁和關聰的出現，令他感到莫大壓力，竭力抑制住行將爆炸的怒火，內心矛盾的鬥爭煎熬著他，看著兒子與別的孩子拳來腳往亂翻筋斗；交錯的動作乃田青眼中所見，是主觀鏡頭POV，他心思紊亂的寫照。若以咄咄逼前的肢體碰撞，與田青滿臉的困惱焦慮交替割接，戲的張力必然顯現；卻可惜只見孩子三兩下軟手軟腳的耍拳又莫名其妙的滑倒在田青腳下，不明所以的對父親滯臉獃笑，而行將出逃的田青，就那麼樣看著看著孩子。

這是導演不明所以地處理的又一場戲。編劇的又一困惑。

有些困惑來得很突兀，是不知應否怪責自己的困惑。比如《瘋劫》第一場戲，兩初中男生狂奔至山腳的報案室報案，兩男生對當值警員躬身上氣不接下氣的報告。我一看，即時直覺他們傾前的頸脖應軟軟的掛著布包，喘氣之同時布包不安地吊動吊動，緊張的效果更逼切。我問自己為什麼寫劇本之時沒有寫下這細節。也奇怪，導演怎麼沒想到這一點。

劇中的電影符號亟需突顯，導演竟然忽略了，沒用上。《瘋劫》有一場戲寫張艾嘉見高崗之上老樹下，一著白襪的女足。急急奔上去看，沒看到趙雅芝，只見少男少女在那樹下鬥酸薇草。寫劇本時我特別提到這種在路邊可摘的野草，尋且近乎示範的告知鬥草時交纏難捨的象徵。可那場戲張艾嘉見不是趙雅芝即失望轉身去。少男少女各執一草，不知所云的相視而笑。

導演沒想像力，是否編劇的錯？

前幾年連續幾場講座，讓我曉得困惑不但因編與導之間的協調有出入，給編劇的困惑也可來自影評的偏見，來自觀衆對電影的誤判；與觀眾的對話，讓我發現他們也別有困惑。有幾名觀衆自別人講座所得的困惑，纏著我要我解畫解話，使我後來在報端一書已見，且容我搬字過紙將其中一些對話摘下：

「妳在《瘋劫》放映後，說《血光鬼影奪命刀》（Don't Look Now）引發靈感，寫《瘋劫》，說老外影評要看《Don't Look Now》兩次。在那人的《瘋劫》講座，我問，妳是否也刻意要我們看兩次？他說妳玩掩眼法呢。」

「什麼。」

「說叔嬸不可能錯認死者是趙雅芝。他怎麼沒看阿嬸臨認屍別轉頭，阿叔聞得找到一封利是，已認定死者是趙雅芝。祖母想摸她肚皮也被按住。那人又扯到電影和香港警探辦案不認真。所以我問究竟是妳馬虎，抑或妳寫警探不中用？」

「開棺驗屍不算認真麼？」我反問。

「他說今日編劇越來越難，妳那年代容易瞞天過海，《瘋劫》雖然多錯漏，妳也風平浪靜。」

我有話說了：「那年代的政府部門銀行工廠沒今天的透明度。七八年寫《瘋劫》須翻七〇年舊報紙，要看顯微菲林、揭塵封檔案、撈倉底紙張，兼請人喝茶問要資料。

香港九龍新界離島澳門癲婆尋仔的通街跑，早上六七時出門直踩至半夜才坐下動筆，哪有今日方便，坐在馬桶上也可以從互聯網挖料。聞說，有人問龍虎山雙屍案真相。他說上網可尋。易嗎？他閃避不答，因前後矛盾，因深知以創作之難易衡量劇本好壞，是錯誤判斷。」

我話音未落，一青年冒身搶問：「那些笑位是指定動作嗎？」

什麼笑位？誰指定什麼？

「盧國雄和林子祥那兩場戲對劇情交代真個毫無意義？真如這個人所說剪掉更好嗎？」

「那兩場戲我寫張艾嘉急著要自盧國雄和林子祥那兒套料。豈料二人好整以暇，使得張艾嘉更心急如焚。」

「是玩懸疑嗎？」

「對。」

「他說太冗長。剪掉幾秒剪得好。Suspense 不是長一點好嗎？」

「為什麼不問他？」

這勾起當年寫的一場戲：張艾嘉拿驗孕卡問護士要報告。在醫務所她見到的冷眼，從一對母女的竊竊私語，令她聯想到趙雅芝可能面對的處境，更感趙雅芝的淒涼景況。許鞍華讀兩遍，沒多想就撕掉。後來可又說撕掉的好。

至今，我念念不忘被扔掉的，那最後一場戲。趙偷偷去齋堂探望祖母，被暗候她自投羅網的密探發現。趙畏懼，怯匿井邊，四五個尼姑急欲為她解困，紛紛奔赴老井，前前後後如蝙蝠張翼，趙惶恐驚悸，失足墮井。霍霍的袈裟習習掠過祖母陋房外那牆那窗；失明的祖母有所聞有所覺，驚坐牀沿。白蝶顫顫伏其肩上。無依無靠無可託附的祖母，緊緊抓住慘白的蚊帳。

米已成炊的電影無可改。

因檢錯漏而得靈感，而順藤接枝，而蔓生茂葉，若加上記憶中那被遺棄的最後一場戲，可綴合為不任人恣意剪折的小說，可依我意願記下自己感情影像，毋用因別人錯造的紕漏背負罵名。

近日紛擾再加年來講座中引起的感觸，更令我見重山相隔的迥異。在公在私，新知舊雨似在咫尺，恍眼又遙距天涯。花非花，霧非霧，難覓絕對吻合的腦波段。我且以南宋詞人朱敦儒兩句詞開解自己：

不須計較與安排

領取而今現在

記憶中的事實

「跟陳韻文合作，通常都是我先講故事，講清楚我想怎樣拍，找齊資料跟她討論，你一句我一句，因為她沒時間，只負責把劇本寫出來。另外有些劇本已經寫好了，但她覺得不妥，於是突然刪去一半，並由中間開始再寫……」（註）

很想知道，三十多四十年前我幫許鞍華寫的三個電影劇本，哪一個是由她先講故事？對！我寫給她的電視劇本電影劇本，哪個故事自她腦袋發酵從她腦袋中鑽出？

先說《瘋劫》——我幫她寫的第一個電影劇本。許鞍華在接受訪問時說：「……《瘋劫》的故事橋段是我想出來的……我知道龍虎山以前發生過一宗謀殺案……」

（註）引文見《許鞍華・電影四十》，香港三聯書店二〇一八年十二月

這句話令我想起一九七八年那個下午在我家，我們左翻報右翻報，找我在前一段日子看到的新聞——年輕情侶雙雙墮樓，在大學附近樓與樓之間的窄巷中被發現。我們一天天又一個個星期的倒數日子翻尋，不得要領，卻在一爿紙的上半頁，赫然見一張似今日 mini iPad 尺寸的照片，圖中大石上赫然刻著幾行字，似打油詩，提到男女雙屍，提到蝴蝶。我的靈感徐至，電影故事隨著湧出。可是劇本初稿方才寫就，因張艾嘉加入而須為她重寫。

「《瘋劫》的橋段是我想出來的。」許鞍華這句自詡的話大概也令出品人胡樹儒信以為真，他每對傳媒提及《瘋劫》，必說是將龍虎山雙屍案改編。對此我一直不以為然，因想到死者家人感受。我亦一再申明，這電影的人物與命案中人物背景絕不相同。從這一點看，足見編劇與導演之間的價值觀究竟有多大分別。

二〇一四年三月，鄧小宇介紹我認識幾位年輕人。記得有人問我怎麼張艾嘉在《瘋劫》那場戲那樣子喫蛋卷，又隨即接上許鞍華當時的回答：「這是陳韻文吃蛋卷的習慣。」

二〇一九年三月，〈記憶中的事實〉在報端發表之後，朋友傳來多年前訪問文字，也提及許鞍華說這樣子喫蛋卷是陳韻文的習慣。不可思議，不同時間地點的訪談所得回答竟如出一轍。若只一次不巧被問到，霎時答不上話，以喫蛋卷習慣來搪塞，讓人見勞師動眾花錢拍場戲詮釋個茄哩啡編劇喫蛋卷，頂多被訕笑。一而再重複這樣的話就犯疑了——疑導演沒消化劇本，疑導演不知為何拍那場戲。

那場戲敘述張艾嘉剛得悉趙雅芝遇害，不曉得該如何告訴趙雅芝的祖母，忐忑不安食蛋卷，摸不透眼前所見有何預示。當年我一邊寫劇本一邊向飯桌另一端的許鞍華解畫，口述又同時落墨，寫蛋卷碎紛紛跌落餅乾罐，張艾嘉握刀撩牛油，刀乍然拂空沒撩到，心緒不寧彷見什麼，悖愣瞧前，見小姪兒逕向左邊門框爬呀爬，似有什麼引他向前爬。小孩著魔似的消失在左門邊，良晌不見其蹤影不聞其聲。暗抽寒氣，張艾嘉愕然瞧著透詭異氣息的左邊門框，屏息良晌，幾乎微不可聞的擦擦兩聲，小孩一聲不響爬出，慢慢爬向右邊門框……似有什麼引著小孩向前爬……向前爬……引著……引著……。

剪片室內，陳韻文忍不住說：「空鏡停的時間不夠邪，小孩爬得太快，不見張艾嘉有不祥預感。」有話直說，因此結下樑子，亦有人分析，導演為掩飾其技拙，才一再以喫蛋卷習慣搪詞塞責。

《瘋劫》有一場戲，寫趙雅芝祖母在樓頭上困愁呆坐，聞樓頭下那自嗓門扯出心中鬱結的市聲——衣裳竹。這畫外音令失明的祖母念往昔，念趙雅芝，伸手輕拂予她異感，擾她鬢髮的蝴蝶。

樓頭下，肩托大綑衣裳竹的漢子徐徐轉身。張艾嘉正好經過他身側，因避開撥過來的衣裳竹，瞬刻間瞥見趙雅芝閃身進街角暗處。

寫這場戲之峙，我對許鞍華嘶聲喊衣裳竹，喊剷刀磨鉸剪，刻意藉市聲引發她想像當時環境，同時提醒她切勿讓那漢子露面；漢子肩膊上那排竹隨他扯嗓長喊而緩轉身，其身段與衣服下襬暗含神祕感。那神祕感帶出，張艾嘉因移身避竹而掠見趙雅芝閃至暗角。可結果怎樣？漢子的眼耳口鼻在鏡頭前一清二楚，轉身也快。

剪片室內我見不妥，一急之下問：「漢子轉身要是慢半格慢半拍是什麼效果？」

我話音未落，剪片師未及反應，許鞍華已怒瞪眼搶白：「妳識睇毛片咩？唔係咁多人識睇毛片㗎。」

我不說話。由得漢子露面。導演不識以剪接救亡，編劇可以怎樣？

最氣悶是拿家祖母的皮箱伴隨趙雅芝祖母進庵堂。寫那兩場戲之時，我說且當那箱子跟祖母歷一生滄桑，如今孫女也走了，只剩皮箱隨老人進庵堂。以為她讀電影，熟知善用道具講故事效果更佳。可怎樣？祖母去庵堂前，親戚一派例行公事表情將衣物納進箱內，皮箱扛到樓下倏忽掠過鏡頭，毫無感情。可怎麼樓下街坊曉得抽身回店包大餅，塞給攙扶祖母的親戚？簡單，只因編劇在劇本裡著墨寫了。

剪片室內我忽有所悟，說這故事應從祖母對孫女兒的感情，影響張艾嘉抽絲剝繭牽出案情。乍悟對牛彈琴寫劇本不如自己寫小說，我喃喃表示若有機會要把《瘋劫》寫成小說。即被搶白：「妳以為《瘋劫》好咩，值得寫咩？」

那就奇了，怎麼幾十年來許鞍華接受訪問時總說：「《瘋劫》的故事橋段是我想出來的。」

《瘋劫》還有好幾場戲貨不對辦，我在另一篇文章已道其詳，那是好幾年前在報端發表的〈困惑〉。

訪問中，許鞍華把幾十年前轟我的話，幾乎一字不改再說一遍，還安插這麼一句：「……邱剛健就像陳韻文刪了別人一半的劇本一樣，刪掉了陳韻文寫的一半內容……」

我沒有改過許鞍華交來的別人的劇本，若果她指的是張堅庭的《胡越的故事》，我可是記得清楚。一個早上，她請我去假日酒店地窖的 Delicatessen 早膳，要我看劇本，叫我幫忙改。我只管喫，沒碰劇本，由得她自說自話。到最後，她急了，頓足問：「妳咁都唔肯幫我！」抹抹嘴我說：「Ann，言猶在耳，記唔記得妳同我講過：我係要搵妳寫劇本嘅咩？我唔搵妳，妳吹吖！」

到今天我未讀過《胡越的故事》，更別說刪去一半了。

我更不可能刪掉一半《黃金時代》。她千叮嚀萬叮囑，千萬別讓李檣曉得我看過他的劇本。我力陳劇本之弊，她逐點筆記。可我知道她後來沒改，因為電影在威尼斯影展包尾上映後，她的摯友當即傳來《Hollywood Reporter》和《Variety》。兩大影評指出的《黃金時代》缺點，point to point 正是我指的劇本弊病。

突然一天，她來言問可有空看她的新劇本。記得我回道：「我指出不是之處妳又不改掉，問來幹嘛？」她說呢：「妳都唔想我聽晒妳話喋。」之後，傳來《明月幾時有》。我看罷狠狠問了許多問題，一句該如何改動的話都沒說，更別說刪去人家一半劇本了。

《桃姐》劇本我看完之後告訴她，若改為黑色喜劇有得好玩，沒那麼老土。她說不行，葉德嫻和劉德華都不會演。指他們不懂得演還是不會演？沒問。結果被她磨著免費寫六場戲。說是拿去示範。整個劇本我絲毫沒刪，她有否刪則不得而知。《桃姐》拿獎，她好開心，多倫多電影節放映前，在台上騎騎笑對台下說：「Now I finally have a good film to show you。」

FINALLY 這字眼頓時窘得人脖子縮半寸。當夜，打烊時分她來電話問，可有看到我寫的第一場戲。我暗喊死火，示範的結果是她拍得三不像。我建議她將兩場戲對調，大概這又踩著她痛腳。果然，她莫名其妙來電話說：「我唔可以提妳，我要俾面我編劇。」我失笑回她：「妳太不認識我，妳唔知咩係我嘅價值觀。」

在不只一次的訪談中，她說：「我們當年構想故事的大前題，是先向得獎方面設想。」這個「我們」，若有陳韻文在內，大錯特錯。《桃姐》編劇陳淑賢得獎，我說：「Ann，若果同佢合得來，咪換來換去。次次重新適應，好辛苦。」

結果她跑去北京，數落李檣的不是。自她摯友那兒得知，捏一把汗我心裡留底。價值觀走了樣，人也容易變質。跟價值觀不同，無自知之明又自以為無懈可擊的人做朋友，很浪費時間。所以當傳來第四個劇本給我過目，我已意興闌珊。

許鞍華在訪問中一再提《投奔怒海》是邱剛健改邱剛健寫，大概以為《投奔怒海》是陳韻文的軟肋，說呢：「陳韻文也沒有因為這件事生氣，我覺得她自己也認為改得好。」

只一次匆匆翻看邱剛健的劇本，從來沒請許鞍華做代言人，何來說好壞。

《投奔怒海》最先是梁普智找我，跟傳福音的宗教團體進啟德難民營。我們分頭在隱蔽遠角問難民在越南辛酸、離越之時的惶恐及海途上風險。進「啟德」幾次，我們的身份終被識破，不可再進入「啟德」。幸而從好些難民的口述經歷、從連串時事新聞及報刊詳盡記載，搜羅到的資料已相當充足。加上一日本記者敘述兵慌馬亂中所見的越南人際遇，劇本輪廓已浮現。我遂建議由日本記者牽引整個故事。

當時一則哄動的新聞乍令梁普智野心勃勃，他要拍攝難民船翻過驚濤駭浪之後終於抵達印尼的一個黃昏，男女老少越民正被安置，船準備返越南卻無端著火，不能回去接載另一批難民。梁普智由是聯想到在觸目驚心的熊熊火光中疊上「劇終」二字。惜乎他構想最後的畫面不為嘉禾接納，該製作結果沒了下文。若干時日後，嚴浩突然找我，問故事，要資料，透露夏夢對這題材及其背景感興趣。嚴浩後來因顧及台灣市場而請辭，交棒給許鞍華。我之後去夏夢的「青鳥電影公司」講故事，跟夏夢和香港新華社社長王匡交代故事概要。所以問：陳韻文兩隻耳朵，哪一隻耳朵聽過許鞍華講《投奔怒海》的故事？

當年寫《投奔怒海》、《瘋劫》、《撞到正》都在我家飯桌上寫。依照分場大綱，寫一場交一場給許鞍華。那夜寫《投奔怒侮》，我不只一次提醒她，不管好壞都千萬別撕掉。怕她重蹈《瘋劫》覆轍，不經大腦撕掉一場重頭戲。

《投奔怒海》的劇本用連續兩個通宵趕出來，第二個早晨七時多完成。許鞍華攜劇本往「青鳥」開製作會議，出門時大聲大氣說：「妳個劇本好吖，呢次唔會有人話妳劇本唔好。」

提醒她這劇本我未滿意，特意補充一句：「第二稿再說。」她應該記得《瘋劫》，我大改七次，小改十六次，不少次是我自己要改。

開會兩個多小時之後，她來電話叫嚷：「喂妳劇本唔好！攝影師話妳劇本唔好！美指話妳劇本唔好！製片話妳劇本唔好！副導演話妳劇本唔好！」這番話在這幾十年的訪問中她重複又重複，倒背如流，只差沒講茶水阿姨掃地阿怕也那麼說。陳韻文耳熟能詳，見怪不怪。那天我握著電話瞪著座機旁那巴掌大的褪色包包，沒叫她來拿走。她從此不再來，倒是夏夢續與我聯絡。

夏夢請她家的彩姐捎來王匡的信。王匡在信封面上附言，說這是寫在讀我劇本之後，請夏夢決定交給陳小姐與否。夏夢沒開啟，原封不動交來。我讀後曾想，應該堅持寫《投奔怒海》，可其時我已意興闌珊。這信連有王匡短語的信封，我可是存著，也因此要一讀邱剛健劇本。

關錦鵬帶著感冒帶著邱剛健的劇本來。開門見他那模樣我暗喊不妙，因怕惹感冒。原想看劇本內可有我的心思，才揭劇本我即敏感直覺指頭沾著感冒菌，心起疙瘩我匆匆翻紙頁。不見開篇中馬斯晨蹲在路旁賣粿條，眼看著小弟為賺幾個零碎錢而被哄做人肉炸彈，奔向美國大兵，跌步間被炸死。有人順手扯下國旗蓋到孩子身上，血自旗下滲染，字幕徐徐疊上如越南地圖的血印。

不見這第一場戲我遂放心。急送關錦鵬出門，原想請他帶一本訪問集給邱剛健或許較華，轉念間我把書放下。

那是著名的意大利女記者 Oriana Fallaci 的《Interview With History》。Fallaci 是我景仰的女記者，真有才華，觸角敏銳，性情真摯，既瀟灑又細心，戰地上病牀上都那麼硬朗那麼乾淨俐落。難得的是，周旋於各國政要中仍始終保持平衡。她在字裡行間帶出被訪人物的個性，也預示他們對將來世局的看法，討論原則性問題，不忘自己原則。訪問北越的武元甲、南越的阮文紹，沒有左搖右擺。今日回想，這本書當年應借給許鞍華，讓她看清原則，或者學一點平衡工夫。許鞍華摯友透露《明月幾時有》為何有葉德嫻這角色，為何無緣無故出現把黃傘，為何左右逢源。我由是了然，不禁想念早逝的 Fallaci。

許鞍華忙著拍《投奔怒海》，夏夢則不只一次來電話聊嚴浩聊馬斯晨，婉轉問若有機會再與許鞍華合作，可有想過寫什麼。我不假思索想到那下午看完《少林寺》，跟許鞍華呱呱嘈說下一部戲要玩武俠劇《書劍恩仇錄》，電話裡只管對夏夢講當時興奮，可不旋踵，許鞍華宣佈她拍《書劍》，由邱剛健編劇。

夏夢之後絕口不提許鞍華，只是和我去半島酒店茶敘，一次讓我看溫哥華一女子的照片。再一次，介紹張冰茜和她的十八歲女兒關芝琳。後來在我家午膳，建議我寫 romantic comedy，讓關芝琳配林子祥。我直覺這配搭具化學作用。惜乎其時我忙著移居法國，許多恩怨遂不了了之。

黃念欣讀我報端上拙文，寫〈編劇與小兵〉。文章末段她如是寫道：「小兵之美，全在不計較。能夠欣賞《小兵敘曲》的陳韻文，寫〈有話直說〉也肯定不是為了計較。那為甚麼還要寫呢？正正也是因為能夠欣賞《小兵敘曲》的人，必然明白，藝術的本質，就是表達，講一個好故事。陳韻文提醒我們一切心血與感情皆有來歷，美好事物值得堅持與留痕。」

小兵的不計較究竟是什麼？那得看《小兵敘曲》（Ballad of a Soldier）。看了自然可以感到那難以言表的「不計較」。很迂迴吧，黃念欣動我以「小兵」之美，乍看不過寥寥數語，其實語重心長；在跟紅頂白淹我的濁水中，黃念欣沐我以清流，我心存感激，必然銘記。

恰好這幾年，一位香港人都熟悉的人物，與我天各一方生活幾十年之後，近年再聯繫，多以電郵通訊，只見面一次，飯敘兩個小時而已。我因為要在《偏偏我遇見》這本回憶錄裏寫她，搜羅無數資料，加上從前接觸的印象，以為已經稔熟，哪想到，這幾年才真正往深裡認識她；才欣賞到那發自內心的瀟灑，那不能模仿的風度，而那，正是我所了解的「不計較」。

那天陽光無限好！劉天蘭突然來電話說芳芳要攝錄關於《撞到正》的特輯，負責人文念中會聯絡我做個訪問，也幫我做個特輯。只是我婉拒：不！不出鏡，也不做訪問，因當年趕得急，編劇對劇本不滿意，編劇也覺得導演差勁。這部戲若果沒有芳芳幕前幕後撐持，肯定死火。我問劉天蘭：妳教我講真話抑或講假話？她不假思索回道：當然講真話。可我決意不講真話也不講假話，乾脆不要訪問，乾脆回香港請芳芳吃飯。

二〇一七年二月下旬的一個下午，近三時下機，好不容易趕到六時半的飯約，全部人已經到齊。《撞到正》的美指李樂詩，關錦鵬嚴浩許鞍華和她的摯友。芳芳從上午至下午為幫許鞍華訪問兼錄影，直撐到五時多。雖倦，可仍透着她特有的生命魅力。雖失聰，仍由始至終留意每一個人的唇語，遇不明白即請劉天蘭寫給她看。見我拿嚴浩尋開心，她活活潑潑說了又說：我哪時再見你們倆，讓我再見你們倆。我看看嚴浩，這家伙還是吃了幾十斤豬油的模樣。嘿！當年我們促膝忖劇本，我和芳芳你一言我一語嘻嘻哈哈靈感似戲院小賣部的爆穀。嚴浩那雙大眼越瞪越呆，終於牛咁聲負氣一爆：「至憎啲女人多多聲氣。」芳芳和我相視失笑，碌兩碌眼恨無鬚，有鬚吹吹該多好。

飯桌上一再轉頭，見身側的許鞍華騎騎笑。不由得想到跟她和芳芳坐在半島酒店為《撞到正》構思故事。那陣子芳芳很緊張，晚飯後來電話，講 O'Henry 的溫情故事。隔一個晚上又來電話看看 Edgar Allan Poe 能不能給我靈感。講兩講心散散說要嫁給張正甫。

酒店大堂的茶座裡我和她講 UFO，說：「有幾種外星人，有早早來投胎，快高長大後，一日，失驚無神被摑醒，即郁。另一種經特種訓練，派來竊竊潛伏，等指示。又有一批臨危受命來勢洶洶攬攬震。」我語音未落，芳芳機伶伶眼珠一轉拂一下光滑膝蓋，嗔聲：「鬼嚟㗎！」扯口大氣我抬頭，乍覺那辰光半島酒店的大堂人傑地靈。之後，我講戲班下南洋的紅船，她嫌成本重，改為落鄉班。聞落鄉二字，我聯想到無線舊同事說曾祖賣假藥，害死了一批患痢疾的過境士兵，從此家中男丁總不見命長。如此這般摸出個非要娶芳芳不可的阿B，如此這般拼拼湊湊拼出《撞到正》。在一旁的許鞍華要嘛沒出現，要嘛騎騎笑。可是若干年後，訪問中被問到，她說：「我講了個鬼故事。他們很喜歡，於是就……」昔日讀到那段文字，我嗤之以鼻。芳芳大概一笑置之，沒有計較。

回頭說那夜飯後，樂極生悲。只因一星期內連飛三次長途，航機上不愛睡覺愛煲戲。結果隔天一早急急召車送自己去醫院。折騰半天好不容易躺下，美術指導文念中似乎算準了時間來話，說攝影師和助手都準備好，問在哪兒約會。我說我在醫院裏呀。病牀上兀自想芳芳怎麼想，說不出的歉疚，《撞到正》是芳芳的Baby，我這人是不是太牛了。芳芳在報端讀拙作之後來字，說她當日的錄影非為《撞到正》。那為啥？《好好拍電影》上映之後，我方才明白差點又被利用。可憐芳芳，被訪之後臥病在牀。而我甫出醫院，許鞍華只顧要我助手幫忙，翻譯她的電影故事，又給我看第四部劇本。然後幾番教人問好，一朋友突然來字說許鞍華掛心久不見面的陳韻文。我指出剛自香港回，在港請許喫飯三次。請他回頭問許鞍華可記得喫了什麼。之後，她摯友來電問劇本好不好，我以一個字作覆。只一個字。

那是二〇一七年。同年她接受電影評論學會的人訪問，她插我的話到二〇一九年的三月我才知曉。可是之前農曆初一，她竟然若無其事來字講好話。我改話題講我對譚家明的欠負，她突然翻臉——責我不面對現實。那就奇了！既然把我說的那麼不濟，怎麼這些年一而再要我幫她看劇本？現實是什麼？不收她分毫還幾番請她喫飯？甘願一而再被利用？甘願被公開插刀被背裡捅刀？

二〇一八年黃愛玲突然辭世，我趕回香港扶靈。約芳芳在愛玲上山那天飯敘，結果因為要在一天半天內趕兩篇悼念文章，下午四時多交稿後，以為瞌睡一會才趕赴六點鐘約會，結果睡過了頭，半夜才醒。慌忙道歉，芳芳怎說呢：「約吃飯都是小事，妳晚一點到或趕不來，準有妳的原因。咱倆以後誰也別為了遲回信說抱歉，要不然太生分了。」

歲晚她來話：「想妳了。妳會來香港過舊曆新年嗎？要是來的話，我想請妳年三十晚來我家打邊爐。劉天蘭也會來。希望妳一切安好。」

〈記憶中的事實〉見報當天，三月十六號，久未來訊的芳芳驀地來短語：「想妳了，希望妳天天快樂。」

啊！天天快樂。

黃念欣勸我不計較，很慚愧。因知自己辰時可以不計較，卯時又哪有不計較？很矛盾。真個不計較哪會重整這篇長文？

【本文原分三篇發表於報端：〈有話直說〉二〇一九年三月十日、〈記憶中的事實〉二〇一九年三月十六日及〈記憶中的事實〉（二）二〇一九年三月三十日。現經作者修訂、補充，整合為一篇。】

附錄：編劇與小兵

文：黃念欣

名編劇陳韻文在專欄文章〈有話直說〉與〈記憶中的事實〉中，與名導演許鞍華商榷幾部名電影的創作意念及其來源，雖然娛樂版以「被陳韻文點名指摘許鞍華封口停是非」為題報導，但我絕無「花生友」心態，真心覺得這兩篇文章好好看。今時今日，筆戰文章而能於人有益的，恐怕不多，這次金風玉露一相逢，是例外。

文章一次過讓我們重溫《瘋劫》、《投奔怒海》、《桃姐》、《黃金時代》、《明月幾時有》的細節及來龍去脈，念念不忘每個電影包含的細節，寫到人的心坎裡。《瘋劫》中的衣裳竹、家傳皮箱道具、趙雅芝與張艾嘉的眼神；《投奔怒海》在難民營的資料蒐集，以及《桃姐》、《黃金時代》中陳韻文可能不以為然的地方，都清楚坦白。不用說還有兩晚通宵趕起《投奔怒海》的劇本，清晨七時交許鞍華去電影公司開會的那種彪悍勁，真是十分有型。

前輩的合作關係，電影複雜的製作過程，我都不曉，合該閉嘴。真正讓我想舊事重提朝花夕拾一番的，是好幾年前陳韻文大駕光臨香港文學研究中心，偕小思老師等一同看《中國學生周報》的資料庫，她談到的一齣蘇聯電影《小兵敘曲》（Ballad of a Soldier）。她說是對她影響甚深的一部電影，我馬上請教如何影響得深？她就說：「你睇吖，你睇咗先吖。」結果當晚看完，果真令人淚流滿面，不只潤澤心靈，更能刺激思考。這次「陳許編導」事件，竟讓我不期然又再想起它。

《小兵敘曲》屬蘇聯電影中「解凍時期」的名作，其人性的光輝與溫柔，幾乎令人忘記冷戰。看 DVD 所附訪問，美國記者幾乎恨得牙癢癢，不斷追問兩名年輕演員在排練及演出時有無自由、有無個人獨立性；又問導演丘赫萊依（Grigori Chukhrai）

如何看自己與其他蘇聯導演的分別，言下之意，為什麼你不像其他人一樣硬崩崩。誰知導演好功夫，一下祭出托爾斯泰、杜思妥耶夫斯基、高爾基、契訶夫、艾森斯坦，說我們俄國有好傳統，全都為我所用，我們個個都不一樣。

好了，那到底是一部怎樣的神劇？背景是二次大戰，一名蘇聯小兵混亂中擊毀了兩輛敵軍的坦克，得到長官的嘉許，但他寧可換兩天休假，好回家替母親修好漏水的屋頂。長官慷慨給他六天，兩天趕回家，兩天趕回軍隊，兩天修屋頂。然後萬水千山，在路途上，他鼓勵不敢回家面對妻子的斷腿士兵；他幫助大辮子少女一同匿藏在裝滿稻草的車卡；他見到戰友日思夜想的妻子早已另有所愛，遂把原本送給他妻子的肥皂轉贈戰友父親。最後在離家十里以外，火車遇上被炸的斷橋，輾轉乘車到達家門，終於得見從田野一路奔跑過來的母親。因為途中的事故，六天的休假至此只剩下一刻，只足夠緊緊擁抱母親一下，小兵馬上又要趕返前線。然而電影開首早已告訴我們，這個小兵戰後沒能歸來，他葬在一個離鄉甚遠的地方，人們在他墳前獻花，說他是一個好兵。電影就是要說他的故事，一個連他母親也不知曉的故事。

左翼美學的極致，原本就是小人物與大時代之對比，硬要搞得個個英雄「高大全」，那是後來的事。十九歲的小兵與辮子女孩一段誠然最動人心魄——他要她記得他，他為她用鐵桶裝水以致趕不上火車，他與她匿藏稻草中的一刻不忘自然地親近她的臉，感受女性的溫暖；她騙他已有未婚夫，她問他男與女可否做純粹的朋友，她不想做純粹的朋友。全電影最美的鏡頭：她髮絲飛動，互相凝視對方的笑靨與年輕正派的臉，一刻不離。然而在顛簸的車廂與樹林月色之間，他們始終未嘗一吻。

小兵之美，全在不計較。能夠欣賞《小兵敘曲》的陳韻文，寫〈有話直說〉也肯定不是為了計較。那為什麼還要寫呢？正正也是因為，能夠欣賞《小兵敘曲》的人，必然明白，藝術的本質，就是表達，講一個好故事。現實裡的無人知曉，是不能動人的，只能是河邊骨、夢裡人。戰爭的餘燼，一點不美。陳韻文提醒我們一切心血與感情皆有來歷，美好事物值得堅持與留痕，我十分同意。

（《明報》二〇一九年三月二十五日）

作者為香港中文大學中文系教授

唸唸有詞

遇著一個人，扯住我，不曉得亂說個什麼，看著他那胡言亂語的形態，我暗想：此人已在瘋癲邊沿了。

那人瘋瘋癲癲亂說一通，也不管我是否都聽進耳裡，也不管我反應如何，他只要發洩他要發洩的，胡言亂語一番又隨即走開。瀕行時補註一句：「再有什麼新發展，我告訴妳。」之後雖轉身，不見他把口合上。

再過一段日子，恍惚在我意料的時間點，又恍惚在我毫無準備之時，他再出現，張開嘴，數天下人都辜負他，依舊不管我是否都聽進耳裡，也不管我如何反應，不停嘴數盡至親密友的不是，又補註一句：「再有什麼新發展，我再告訴妳。」

然後又再來，讓我裝載他的話，又說再等新發展，也不管我對所謂新發展是否感興趣，不管我是否有時間收納他的話，是否有足夠的空間，裝下那許多話裝下那許多話。

然後我漸漸習慣他的到來，習慣那些叫人疲於聆聽的話。然後，他轉身，我張嘴看著他離去。

天！幹嘛張開嘴了，怎麼不在他走近之前轉身，不應該給他機會講話。難道我已對那種種是非感興趣了！

我決定在他再來之前，趕緊想個通透，然後，等他來，我左思右想，他果然再來，我直似給通了電，好好的把他分析個通透，頭腦清醒得教我自己也吃驚。也不管他有沒有聽我講話，又是否接納我的話，我只管說只管說。

我才住口，他大叫：「再有新發展我再告訴妳。」才叫完，機械性的轉身走開了。他沒有合上口，我發覺我也沒有合口。

這樣子清醒，太不尋常。

這樣子清醒，太涼血。

等等，好像還沒有想通透，是不是還得想通透，似乎有太多不平衡，我口腔發涼，可怎麼……怎麼我口腔發涼。

突然，有什麼突然提醒我沙特的《房間》，進那「房間」的人駭然發現，真正瘋癲的，應該是照顧瘋癲的人。

然後我想，下一回那人再來，我不要聽也不要插嘴了。早安再會任何一句話都千萬別說。

他又來了。

Hush。不要說話。閉合我發涼的口腔，看著他前來，看著他搖搖擺擺說喪氣話，近乎瘋癲的得意忘形；遠遠的搖搖擺擺走來……我縮在角落裡，由得他走近，由得他數天下人的不是。嘩啦啦一輪，倏地，他嘎然住聲，看樣子嘴巴內乾涸無話了，他合上嘴，他轉身走開，我猛地脫聲，直衝著他的背影叫嚷：「再有什麼新發展，你來告訴我。」

話收不回來，懸在半空，似白色的蝙蝠紙鳶。

他霍然轉身，目光可以刺人，歹歹邪邪瞧著我笑。

我看我已在瘋癲邊緣了，我看我已在瘋癲邊緣了。

再遇一個人，遠立著打量我，狐狐疑疑的前來，唸唸有詞的前來，我就想，張著嘴巴我又想……我想我在想什麼。張著的嘴巴內，涼涼的空洞，似乎無話……。

然後，然後……

小欖小欖

朋友告訴我，小欖的精神病院已經竣工，問我要不要趁病患未入住之前先去看看。我當然想去，不方便在裡面充滿病患的時候去，打擾人固然不好，最希望只希望，能欣賞到靜無人的建築全貌，裡面要是沒有人，可靜賞結構之美。

車路慢移慢轉朝山崗去，白色石屋一幢幢似披白裳，似不規則又規則地散置山崗之上，似不經意散落草坪的珍珠；放目遠眺，山崗上山崗下的空房似有回應，又彷有歌吟，宛如精神病患者的靈歌，漸趨前來。

病患猶未入住的幾座矮房，圍攏成白白的馬蹄形狀；戴笠帽的黑衣婦人，蹲在當中空地上，好整以暇收拾零零碎碎建築材料，她一臉無言，手下拉扯砌疊之聲，輕重不一，猶如有一句沒一句想想說說的空洞對話；她背後的路面，默默引伸至石屋上層的小橋道，不見橋之終始，不見接口，但見烈日強光下的橋道，淨白得令人怔愕。

那邊牆下陰影裡，幾個啣紙煙的建築工人，沒有動靜，唇間幾乎微不可見的白煙卻帶著明顯的生命氣息；太陽下停歇的大泥車，高而有彈性的膠輪似乎有點不甘寂寞，輪齒上的黃紅泥屑，渾帶雄性魅力。

沒把車子逼近，沒打擾石地安寧，朋友不聲不響帶我繞到房子背後，看那房後空地上橫架的粗鐵絲，將來要在那兒晾曬牀布病衣吧；心眼裡我恍見白布在風下飄拂，惜眼前夏日無風，意念中白布垂帶濕意，乏力高揚。

途經一房，房內已放好熨衣的木桌，後面梯間鐵門已經裝就，梯旁鐵網雖然抹上誘人的清爽翠綠，仍巍巍然令人卻步，目前無鎖，鎯鐺之聲迴響自心底。推開鐵門，朋友領我進內登梯，那頂上迴轉處，寬大綠網疊印無雲藍天，令人心貼；更上一層，不見山崗下田隴，貼隣的屋頂油綠如碧水，陽光流瀉下有坦蕩的感召，霎時意欲跨過矮牆踏足坡頂之上，霎見一小煙囱，孤立在屋頂邊沿，問哪來的小煙囱，朋友惘然搖頭；屋頂上這令人心曠的景致，將會有誰看見，正要回頭問，朋友已轉身走開，不聞步聲的背影，正幽幽穿過那窄門。

繞至一小空地，看草坪上孤寂挺立的旗桿，草前寬闊空廊上的長板凳偎依長木桌，雖不明白木桌木紋上為什麼漆了黑油，然可預見將來桌面上繽紛的勞作色彩，將來瑣碎的童言童語在現時眼下已依稀可聞，別有牽掛的桌畔親朋，此刻可預見，護理員迎迎走前的公式笑容，彷彿在寂寥的廊間遇上了。至廊盡處，鐵網高聳入雲，宛如教堂的彩色長窗，承接天花上小天使送來的祝福。

環顧四周，小橋道下面的石拱，一個細似一個，隱含莫名幽氣；抬眼望窗，綠網織造的窗扉，半張不伸，似芭蕉窗葉以竹枝頂出收進，無比恬靜；臨窗窺內，嬰孩的小牀，已經一排排一列列的靜待。身後友人解說：「有些孩子不能下牀，有些孩子須要攜帶。」空氣中格外溫文的說話，令眼前白粉牆益顯如貧血的蒼白。簡短的三言兩語，懂慎如對患者講話，然患者未至。

路頭建築工人的木寮，柱樑上條紋粗獷如疤痕，透著不屈不移的大氣。寮內語聲夾著菜香。寮外長板凳上木桶旁，漢子舀飯的大動作，驅去先前白屋與白屋之間的空虛感。

工人飯後稍息的肢體語言，如滿足的頓號。

熱

從喀什米爾去阿富汗，途經印度的旁遮普省，在岩雷沙勾留兩天，看著名的金廟，聽誦可蘭經。

岩雷沙在印度西北，近巴基斯坦。英殖時期，英人據旁遮普為中樞，控制全印度。這地方有五個世紀的歷史，是印度獅克教的聖地。具煊赫背景，岩雷沙可是簡陋如窮鄉僻壤。

甫出機場，在車上望見乾巴巴的房舍，我已心生疙瘩，思量趕快看完要看的，趕快離開，可最後航班是幾時，往哪兒轉機票，我茫無頭緒；眼前所見令心也抽緊，請車伕趕快前行，那家伙可是我行我素，仍舊是那不死不活的節奏，在前面不曉得咕嚕個什麼，那輛車彷彿跟著他發牢騷，直似下一分鐘就索性不幹了。我心發急，抓緊扶手瞧前發問：「車輪快要吃不住麼？是不是要散架了。」

我的媽，屁股下面那勉強乾淨的墊子彷彿有什麼在咬咬，車伕頭也不回管自說他的，問他講咩，他咿哦兩句之後稍提手，表示話已講完，甭講了。

好不容易找到預訂的酒店，那兒在裝修，問車伕怎不早說，他不哼聲。我氣得呼嚕呼嚕，那家伙木口木面一邊抹汗一邊說：「先前路上已經告訴妳，妳沒講話呀。」語畢把抹汗布往後頸一搭，手一攤他表示無話可說了。氣煞，眼光光瞪著他後頸那條可以煮湯的汗布，我能說什麼，有什麼好說，死裡死氣讓他帶我到一所女子做東家的賓館，寶貝，看一眼門前橋路上頭的火車軌，聯想到將會半夜被火車搖醒，急翻旅遊指南，投奔另一家酒店，卻偏巧那兒的冷氣房間早已被先到的遊客佔住，只剩有吊扇的，心中一萬個不願意，可人已熱似拖破車的老馬，不得不逆來順受。

安頓下來，淋浴更衣。天！那蓮蓬頭高高吊在天花板上，灑下來的暖水非但不能沖洗熱氣，反使我心躁。無奈。淨身洗衣，再乘馬車，去看著名的金廟。

日落斜暉下，廟堂與那鋪金的圓頂有萬丈光芒；我趕著進去看人誦經，忘記包頭脫鞋濯足，被好幾個虔誠的教徒拉回去修整一番。友善的嘰咕聲中，我楞瞪著腳下的濁水。

那裡面好像一座小城，金廟在奇大的水池中央，寬敞水道旁的平台，滿是善男信女，無病的遙對金頂膜拜，我在熱氣中靜待，帶病的盤膝坐地默喝聖水，突然覺得口渴我轉身，正好見一擔架牀給抬進來，牀上瘦骨嶙峋的病者乏力地撐著眼，深陷的眼窩下，有渺茫的求問。那一刻我很想知道他見到什麼，我甚至狐疑有什麼在他眼前。

誦經之聲開始之前，信眾已漸噤聲，我可沒心澄，蝗蟲螞蟻似的人堆，令我更熱得不耐煩，已沒興趣看誦經儀式，無心細聆，無比納悶我打道回酒店。

回程上見矮屋的雕花陽台上有人納涼，有人在門前怡然自得的扇涼，不覺紋風，沙塵撲撲，我唇裂眼乾。金廟的輪廓含糊。回眸再望，已失其蹤。

路燈乏力，道旁和諧的情景，瞬即在暗黑中轉調，黯似人間地獄。

回到酒店，直奔餐廳，找汽水。可無從止渴，樂不來，顏色不對勁，不知還有什麼飲品；忽然想起一個早晨在夏威夷，打開報紙，讀到印度人釀土炮的文章。咯！左配料右配料，加料未幾又加料，添這個放那個，最後看看顏色不對，乾脆放隻膠拖進去拖一拖水。天呀。真耶假耶。

十分想念香港賣冰淇淋的腳踏車，又聯想到一粒二粒放在乾冰與乾冰之間的冰涼橄欖，小販按兩按車頭小鈴，遙告街坊他的冰淇淋到了，那清脆的鈴聲遙遙傳至岩雷沙，大可以解渴。

客舍的小餐廳十分簡陋，提早用飯的大概早已經回房享受冷氣。那時刻的小餐廳除了我就只有另一枱稀癖士，一個個鬍子長髮黏住熱氣，嗡嗡的交談聲似擾人的蚊子，使我渾身癢癢；幾乎空洞的小餐廳，在病奄奄的燈下旋轉，我面前那盆咖哩舀來舀去只有寥寥兩塊黑肉，令人見了不願張口，意興索然問要一瓶蒸溜水。真個是蒸溜過的水麼？踏住心中悶悶的問話，我拖步回房。

房內，先前洗過的衣物，已在發乾等待。將鐵牀又推又拖，好不容易移至吊扇下，又該是時候置身水蓮蓬下面了。

沒事可做，看書。細字在紙上跳躍，書頁上有微濕指印，眼角似有什麼掩映，不敢瞪眼瞧清楚；滅燈，在熱氣中赤身，倦極不欲動，可已經強烈感到心在求生。昏昏然不辨是睡倒，抑或暈過去，昏昏然見半個月亮爬上來，喉乾至醒轉，已渾身是汗。未到十點鐘，那瓶蒸溜水已被我乾盡，半滴不留。

渴求天明，時間卻似密佈的細沙，沒通風透光的餘隙，宇宙萬物，都彷彿在密沙之下窒息，彷彿浮身夢魘中我輾轉待斃，頻絕境，忽然醒起祖父飯桌上聽人吹牛皮，提到戰時雲南，熱得難耐，一個在飛虎隊的老美，教他辟熱之法。好哇，靈機一觸，牀上翻身，我立即以牀布裹身，三步併兩步進浴室，蓮蓬頭下淋個通透，和著濕布倒回牀上，總算有點清涼，苟且求安又復埋首睡眠中，不及三個時辰，皮膚連白布一起發乾，生命彷彿已逐漸蒸發。

漫漫長夜，輾轉中恍聞熱氣在滋滋發聲，響徹皮膚內外。黑暗中，朦朧覺有魑魅偷偷窺探，只待我發焦只待我發焦。掙扎再起，再披牀布到蓮蓬頭下淋個通透，求短暫涼快，不曾如願，暖水依然，倍感心在燃燒。好不容易熬到天明，已經數次翻身披牀布去淋水了。

第二天一早，即奔機場，轉換機票。幫我換機票的先生教我留下，說提早走不化算，得在阿富汗呆四天才有航班從卡布爾去德克蘭，他苦口婆心，我無力搖頭，翳熱至不願開腔。

回到香港，向祖父誇誇其談，他老人家微笑搖頭，提醒：「這樣子披著濕牀布睡覺不好，損害妳健康。」

那眼神

在新德里，古廟前看土風舞。

廟前廣場上堆滿了人，顯得偏側那邊的尼克魯之墓格外寂寞。因人擠，我受不了人堆中的汗臭，見小塔上似有紋風，遂拾級登塔，未幾級又見人逼人，石階迴旋處尋且傳來尿便惡臭，無可如何我唯有轉回原處，擠回圍成一圈的人堆內。

側面觀眾中見一印度小女孩，五歲光景罷，身上白裙顯得她無比的矜貴漂亮。她旁邊一髒女孩，年齡高矮跟她差不多，卻瘦得很，小小年紀已經駭人的憔悴，身上舊衣不問可知是接收的二手貨，腳下無鞋，小腿上一塊塊瘀青，蚊咬火灼之痕斑斑。女孩對自己肌膚上的傷痕似無所覺，只對眼前歌舞感興趣，疲倦的眼眸偶然閃現如煙花綻露的神采；不只一次，看著舞孃旋近，瞧著飄舞的輕紗她詫異張嘴，張嘴啞然，啞然輕嘆。

在她身畔，那穿白衣的女孩對眼前歌舞沒絲毫興趣，大概看得多看膩了，心不在焉她左顧右盼，不巧被她一眼掠見，髒女無比驚嘆地瞧著手舞足蹈的歡樂入神。她當即不問情由狠狠擰髒女一把，更隨即使勁朝那一頭亂髮揮拳敲下。那習慣成自然的狠毒，那出自本能反應的無理性舉措，著著令我憤怒，緊湊的鼓聲人聲令我的煩躁迅速膨脹；可那髒女孩似無所覺，被擰一把，她本能反應伸手掃一掃，彷彿只是掃去在皮外騷擾的蚊子，之後依然目不轉睛看眼前載歌載舞的男女；於她，捱揍已成習慣，甚且覺得擰她鎚她不過是皮毛，遠不及火灼之痛，甚至火灼她也看成是生活習慣。

難耐膨脹的憤怒，我終忍不住在女孩伸手再擰再打的剎那，衝上前扯開那隻手，狠狠罵兩句，幾乎揮一巴掌過去。看舞的印度人嘰哩咕嚕一陣騷動，之後繼續看土風舞，對適才發生的事不甚了了，似未發生過，跳舞的繼續跳舞，歡娛的樂聲中，白衣女孩矜矜貴貴被帶走，髒女聽其自然跟著去，一臉木然，渾不知發生了什麼，對曾經被關注，她無動於衷，根本絲毫無所覺，只顧緊跟在雪白的裙子背後，沒有回頭。

一八七五年，美國新澤西州曾發生一宗甚為轟動的虐兒案。

一個九歲女童，隨再嫁的母親生活，幫母親打理家務，母親卻視她如不可寬恕的累贅。可能嫁的不如意，滿肚子委屈都發洩在女兒身上：把女兒綑綁在牀，以皮鞭抽打，甚至以剪刀插身插臉。可憐那小女兒天天被虐待。

隣居主婦天天聽見小女兒的哭喊聲，見她才九歲已經愁眉苦臉如飽經暴虐的婦人，隣居不知怎辦，跑去教堂投訴。教堂中人經一番調查，方知當時並無保護兒童的法例，又根據當時法例，只要孩子的生母健在，政府不可以隨便進民居把孩子帶走。隣居與教堂中人絞盡腦汁終於想出一個辦法，走法律罅——

請防止虐畜會出面，把女孩帶走。

這狠毒的母親終於被法院判囚一年。小女孩於是有新的家庭過新的生活。

翌年，紐約才有防止虐待兒童會。在那會所內，至今猶懸掛兩張這小女孩的照片。一張是一年後，那被虐的女孩健康漂亮又精神飽滿的留影。另一張則滿身鞭痕，臉上剪刀傷痕斑斑，看神情，顯然已將習以為常的虐打視為等閒。

怯懼猶如呵欠，照片上女孩的眼神，直似新德里那髒女孩的眼神，空洞不見底，眼後無昨日，眼前無明天。

何罪遣君居此地

Louis de Carné，十九世紀法國政治家、歷史學家，他創辦的《通訊》報刊《Le Correspondant》斷斷續續至一九三七年才停刊。那歷經二百多年猶鍥而不捨的精神，著實耐人尋味。

Carné 對湄公河沿岸的越南柬埔寨與寮國的深入觀察，引致兩百多年前，法蘭西政府對這三個小國的資源虎視眈眈。一八六六至一八六八年間，他給湄公河勘探委員會的報告，詳述當時當地民生。冗長報告偶有如詩的描述，當中三句格外傳神：「越南人在稻田間辛勞。柬埔寨人旁觀。寮國人則遙遙靜聆禾稻長成。」因最後一句，我喜歡小小的寮國。

六十年代末期，看新聞見積琪蓮甘迺迪遊吳哥窟的丰采，貪玩的我也跑去騎大笨象。可是倒霉，甫下機即發現遺失行李。在機場報失的櫃枱前，遇一中年美國人，見他坐立不安，見他頸際胸前吊掛兩三部照像機，又從職員的對話得悉他兩天前失掉行李。「那裡面有無數菲林。」他悻然告訴我。趁旅行社職員去安排車輛，他鼓腮說出菲林的內容取材自寮國，我問怎麼不是越南，瞟我一眼他別轉頭喃喃：「不怪妳，美國人也知得少。」

後來沒再見此人，可他那句話令我好奇翻書，及後去老撾旅行，觸覺格外敏銳，甚至去太平洋赤道上的加立帕戈斯羣島，見水邊頹然企立崖洞口的藍腳鰹鳥，聞座下小艇引擎漸緩的摩托聲，我竟然回想湄公河小船上，那眼神抑鬱的年輕導遊移近我，稍指高山林木中掩映可見的破崖，欲蓋過摩打聲可又壓住嗓音，他怯然說：我們舊皇和皇后死在山洞裡。在這兒？在遠山？我問。他沒回答，但瞧著我皺眉。哪年逝世？眸光閃縮他小聲表示不清楚。我後來翻書，舊皇的死有兩三說法：死在勞改期間，因痢疾，或如導遊所言，流放到山洞之後，不知因何病，死於七八或八四年。

脫離法國的統治之後，舊皇在五九年登基未幾，寮國即有內戰，更被捲入越戰。七五年老撾人民民主共和國成立之初，他被任命為聯合政府的總理，幫忙搞好國際關係即被下放勞改。二次大戰及登基前後戰亂頻仍，他可有享受過太平日子？從被放逐至離世，剩下時日更含糊不清。老撾的故宮令觀者黯然，廳堂案頭上撐著大喇叭的 RCA 留聲機，鍵盤上黑膠唱片是西班牙大提琴手 Pablo Casals 獨奏巴赫的作品，正要看曲目，被吾夫拉去舊皇寢室，瞧著簡樸雙人牀他唏噓：若果這是龍牀，我和妳那張是什麼呢？轉至廊間，見孤立的玻璃櫃內展覽美國送予老撾的紀念品。若無標明出處，不知是太空船零件，我只當是廢鐵。

美國人狂轟猛炸老撾的石缸平原，為使其行為合理化，力指舊政府貪腐不民主。我不禁想在吳哥窟偶遇的美國漢，他可有攝錄老撾人因種種戰亂而顛沛的辛酸。再翻卷牘，竟覓得由美國人紀錄，戰火中寮國人的口述歷史。

在首都永珍的難民營內，一個十來歲少年黯然憶述：母親絕早出門幹活，沒走多遠即被炸彈碎片擊中。母親負傷爬回家，只為叮囑他照顧弟妹，然未及家門，才講兩句母親就撒手了。對同是淪落人卻素未謀面的翻譯，少年說：「戰爭會得停止，當日突圍上高山救我們村人來永珍的保皇軍，會送我還鄉；舊皇會給我一小塊地，我會好好耕種。」這番話由翻譯筆錄，無聲無影象，然我感少年心底抽咽，我見他迷惘的眼神，又見我匆匆經過格立帕戈斯羣島，經那水邊崖洞之時，以快門拍攝的藍腳鰹鳥，鳥眸惘然，鳥身廁的環境，我不由得聯想到湄公河崖洞中，舊皇眼神內的心事，我又想起白居易那幾句詩——

來書子細說通州　州在山根峽岸頭
四面千重火雲合　中心一道瘴江流
蟲蛇白晝攔官道　蚊蚋黃昏撲郡樓
何罪遣君居此地　天高無處問來由

偏有所見

有回與梁挺門下的一位教練品茗，翌日至上水再敘，不談詠春，去看他父親的飼料廠。

先至那店鋪，見他父親倚坐櫃台後，既專注又優閒地看門外路人，這條街短而闊落，因在僻處，在街上散步，自然覺得別有天地。店鋪臨門的地上放著一大袋一大袋麻包，飽滿的麻袋，跟老人都彷彿有不願傾吐的心事。老人少言語，縱有話，也言簡意賅，把扼要的講完，隨即合攏嘴巴。一句話全寫在他臉上：「我就講咁多。妳明就明，唔明罷就！」

師傅帶我們去對街的小廠房，同樣兩層高，只有兩三座機器，巨型的泥斗，從二樓直落至樓下，二樓的另一半地板早已拆掉，說是讓位給這巨斗，另外那半邊閣樓，牆上地上蒙著飼粉塵埃，不曾抒發的孤寂與牢騷滿牆；前樓空房裡有輛破舊腳踏車，輪軚都蒙上飼粉，何以到這樓上來？靠倚牆角的破車低首無言，看來早已不堪疲累，也派不著用場，唯獸在這閣樓上無了期的等待。

我至今猶嗅到那滿屋的飼料氣味，鬱鬱然既乾且暖的氣味，充斥在相當潮濕的兩層樓內。師傅說角落可能有耗子，上樓下樓我倒沒見一隻，我徘徊不願去，覺這小廠房拍電影有意思，顧盼間我屢感光源，在腦在心早已預見鏡頭調度，以及演員走位，那掛在角落裡的大麻繩，令我聯想到維斯康堤的電影《白夜》，想電影裡那大如貨倉的老樓房，我心底唸念：一旦真個在這兒取景，千萬保住這裡面的氛圍，讓感慨留在佈滿飼粉的牆壁上，意念盛載於大漏斗內；方才想多問兩句，好充實劇本內容，才開腔，同來的導演即以唯他識貨的語調插嘴：「好不是不好，這兒太小，看看有沒有大一點的，總之飼料廠不合用。」

一聽這話，我咬住唇邊要吐出的，掉頭就走，下樓。

粗纜、巨斗、飛揚的飼料中見武師身手；似明欲暗的高壁橫樑，戀戀塵封不為人知的兒女私情。拾步落梯階，我豁然明白，這滿口虛情假意指手劃腳的導演，緣何部部作品，都似個摸不準方向走路的紮腳婆仔。

離開廠房，走到街上，正好見一婦人與少女拼力推著木頭車。低平的方塊木板上，放著兩大袋沉重的飼料，木板下面四隻矮輪，無比艱辛地向前移動；婦人少女佝背鞠身，使勁推著橫在跟前的粗鐵棍，鐵已啞黃，有被工業手套發力磨損的生活語言。

從母女倆勉力推車的背影，從木頭車下那拒絕妥協的車輪，我留意到眼前這段路雖短，卻並不好走；而背後，那令我精神上直有嗅著發霉纏腳布的步聲，一步比一步逼近，抬眼，見母女強悍的生命力，我頓有所悟。撇掉後面那紮腳婆仔。

不可少的 Billie

「世上沒有兩個人是相似的。相同的音樂不是音樂。一定得這樣。我不能忍受以一成不變的腔調唱同一節歌。兩年十年重複的唱，那就不成音樂了。是練習而已，或者是別的什麼，總不能算是音樂。」

這是著名爵士樂歌手 Billie Holiday 自傳中一段話。在最後一張唱片《Essential Billie Holiday》她也這樣講，因為堅持這原則，她的歌獨具風格，沒有人能哼出她靈魂深處的飢渴感，以及曾經滄海對愛的訴求。對她那幾句話真有感悟，決不會裝腔作勢扮演她，此所以我拒絕去看 Diana Ross 演繹 Billie。因為兩個人的歌唱技藝差距如天壤。因為 Diana 中氣不足，又夾雜俗里俗氣的音樂效果配音效果等技巧幫她藏拙。出盡財力人力都沒法補救 Diana 那沒有節奏感的斷句弊病，單是一首〈聖母頌〉已令我怒髮衝冠。不講這女人，回頭說 Billie。

《The Essential Billie Holiday》之內每一首歌，都是她在一九五六年十一月在紐約肯尼基會堂的第二場，也是最後一場演唱會的歌曲，由唱片公司全部收錄。為她助陣的樂手在爵士樂壇極享盛譽數十年。當夜，一票難求，慕名而至的爵士樂迷對舞台上的殷切期盼，對音樂難以自禁的投入與解放，又是何等樣的心情，實在不難想像。

舞台上，喇叭手 Roy Eldridge 輕吹兩聲，Kenny Burrell 輕撥六弦琴，眾樂手此起彼落一聲半聲的試音，未成曲調先已有情，至 Billie 出現，翩然進入早已融匯的音樂氛圍中，在那良夜，她如魚得水。

當年拚命推動爵士樂的著名記者、紐約時報的書評人，在Billie 這特輯內朗誦她自傳中好幾句話，是美麗的間奏。這先生與 Billie 是什麼緣分暫且不表，欣賞他的朗誦別具格調，既不死板，亦無過膩感情，正如 Billie 在自傳中簡單直接個性鮮明的自白。

她三言兩語帶出童年辛酸，帶出在窖子裡洗衣的日子。提起沉重的熨斗壓衣服，邊壓邊隨著唱片內的 Louis Armstrong、Bessie Smith 等爵士樂尖子哼唱。童年得爵士樂浸淫，墊下深厚的根柢，難怪她後來有那樣的造詣。十三歲，去做應召女郎，好不容易拿到二十塊錢，喜悠悠拿去買絲裙買皮高跟鞋。可後來，因抗拒哈林區的大塊頭，她被教訓、被鋃鐺入獄。出獄後，眼看著癱瘓的母親因欠房租，母女倆要被驅逐，要流落街頭了。徬徨無助，Billie 不願重操醜業，披上薄衣在風雪交加的路上沿門求職。結果尋到一家酒肆。碰碰運氣，她在那兒張開嗓門，唱童年熨衣時唱過的歌，只為掙那四十塊租錢。打從那夜始，她自一家酒肆轉去另一酒肆，夜夜東家西家奔撲走場。終遇貴人 Benny Goodman，這吹單簧管的樂隊領班，幫她開啟生命中的第二樂章。

Diana Ross 飾演 Billie 惡評如潮，當中有一句話指出：「不曾經歷坎坷，未嘗辛酸的 Diana Ross，如何演繹那曾經被煎熬的靈魂。」

欣賞 Billie 的歌，如讀如見她那生活過來的身段語言，見她為標籤自己而綴白花於雲鬢耳畔，又或扣花在衣襟胸前；見她失意，她歪倒，她在晃動的搖椅上沉思，唏嘘而無求，她簡單，她容易滿足，她吸毒她將坎坷的際遇與歷見的醜陋轉化為憂鬱的藍調，將辛酸寫進歌詞，透過滄桑嗓音她逐一傾訴。

這唱片裡的歌，都是好歌。歌名人名無數名字，曾帶給她往昔光華，也有在冷黑中為她薦來機遇，還有讓她見到曙光的過去人物。不細表了，唯請記下這唱片特輯的名字：《The Essential Billie Holiday》。

無求

那少女坐在靠牆的沙發上。十二三歲光景，結實的圓身子，乾淨的布裙白襪。不大說話，縱有反應，不過是不快不慢的扯嘴笑一笑；她眸光清澄，眼神流露無雜念的坦然，睡眠是充足的，舉止自然從容；從合不攏的兩膝，合不攏的厚唇，與粗圓指頭的小動作，以及挪動球鞋的一兩下反應，足見在有限經濟的環境下，她對現狀沒奢求的滿足神態。

問將來有什麼打算。她反應很被動，卻又好似老早想定了，現在既然被問到，不用動腦筋去想了，乾脆把早存於腦瓜的回答，直截了當報告吧：「我媽叫我做寫字樓。」

問她母親怎麼有這念頭。

「我媽說寫字樓工舒服。夏天有冷氣，冬天有暖氣。」

聽她那麼說。我們都笑了。我問：「妳媽媽是幹什麼的？」

「寫字樓工，在寫字樓遞茶水！」

從這些話，見她母親早到遲退的寫字樓生涯，桌子過桌子辦公室過辦公室的換茶沖咖啡。打字機前面那些小姐，尖紅指甲，以筆頭撥電話，冷氣暖氣優遊的作息，頂舒服的工作嘛，她母親都看在眼內，認定適合這個對生活毫無要求的女兒。

父親早已離世，姐姐們都嫁出去了，放學後回家做功課，功課之後看電視。母親收工後喜歡到朋友家搓麻雀，周末也一樣，去搓麻將。她說。

有沒有要妳將來嫁個什麼樣的男人呢？

呆呆的定一定神，眸光不見波動，語調平淡，不嬌，也單純，她說：「家姐話如果阿媽帶我去同金山佬飲茶，千祈咪去，千祈咪嫁。」

我們聽了哄然大笑。

她想想，也隨著笑了。

有沒有過濾自己剛才的話呢，看來沒有。

這笑惹得我們也沒有雜念，起碼在那一刻。

我喜歡這周末下午的單純色彩。無求。

午膳於昂花

忽然起意，這秋天回昂花看看吧，可轉念間，想到前幾年在那兒見遊客擾攘，又不禁遲疑。

去年，從歐洲回多倫多的航班上，一部紀錄片內幾句話，以及片段畫面，令我忽然起意；縱然畫面上沒有在水之湄的昂花，沒有使靈感徐來的小石子路，腦門前我仍見聖羅蘭的宅苑，見在他辭世後獨自憔悴默不願去的往昔光華。航機內小熒屏前，隨著攝影鏡頭徘徊，至聖羅蘭那令清風凝注的深深庭園，我方才明白，那與他並肩撐持數十載，任他隨意去留，至死不離不棄的夥伴 Pierre Bergé 緣何神傷。

Pierre Bergé 以旁白黯然憶述，當初買下昂花這房子，因為 Yves 愛海，又說居住在昂花的藝術家文化人可與 Yves 消磨永日。未知當中可有 Jean Louis Trintignant。

依稀記得當年午膳後，走在古老的石子路上，回頭語吾夫：「Trintignant 好像住在這兒。」

「那就留意迎面來的男人吧。」他回一句，氣定神閒無比寫意，又一句：「這下午去 Deauville。」

我笑：「啊啊！Deauville sans Trintignant。那兒沒有 T。」

仰臉迎風，恍聞《男歡女愛》插曲，Trintignant 彷彿在眼前，正步出 Deauville 旅舍房間，走進暮色與燈光交融的通道內，意滿披衣，似熟絡又陌生的動靜自然倜儻，猶豫的眸光悄露不捨的意願，暗自端詳方才與他短暫溫存，又默默然將要與他分道的 Anouk Aimee。

可惜以這片段搭配的一首 Deauville sans Trintignant，不及 Pascal Mencarelli 後來改編的鋼琴獨奏。Vincent Delerm 那似歌吟又似道白的詞句，暗含暖室暖牀的溫馨，一句提及午膳於昂花，引出繾綣古今在昂花午膳的戀人。聖羅蘭已去，還有誰仍寓居在諾曼第這濱海小城？

多年前，報刊上得悉莎岡逝世，方知這位不曾令我心動的女作家，最後有好長日子住在昂花。

Honfleur 這名字，總令心底跫音不期然重返城中迂迴有緻的小石路。小坡道旁的小店，總讓我感覺在詩畫中倘佯，一時弄不清是恬淡小店含蓄展現的藝術，令這小城淳淳於如斯氛圍，抑或藝術家們為捕捉前輩印象大師的靈感，似雲游至，紛紛聚焦，令過客如我們去而又返。

那和煦的午日，腦中迴響莫奈寫給友輩畫家蒲丁的信簡，他提及的昂花詞句已然含糊，但記得那字裡行間，如臨畫圖與天地同呼吸的韻律，所引發的迴音，令我急欲留住那漸隨光影幻轉，又轉瞬飄逝的印象。我驀然步進一所琉璃藝術家的工作坊。

進門時我輕道日安，他溫文點頭，迎身稍移，默許覽閱的眼神，流露盼知來客將如何容納其作品的落寞；那當下，地腳牆邊的各式琉璃隱透晶瑩寡意，令這小工作坊益顯得格外幽靜，我對獨掛牆角的一面小鏡注視再三，自較遠的距離看那只有三寸長的小鏡面，不見任何映照，唯小鏡周邊長六寸寬四寸的別緻框緣，細如眉批的花卉柔柔勾畫不能言盡的盎然古意，正是眼前這面小鏡令我不願轉身。

幾十年來幾番遷徙，不同大小居室內，總有僅可懸掛這面雅鏡的窄牆，容或遠近不一，遊目至鏡中，縱使遠不見絲毫反照，那往昔生活與路過景致依舊悠悠我心；諾曼第海隅的樹蔭、足下清爽細沙、水面澹蕩如琉璃的絮光、空氣中飄傳的蘋果香意，在在依稀，而我喜歡的一幅油畫又自然浮現：傍倚僅見葉邊的粗樹幹，那長條木桌長條凳，中年男女憩然對座，女人袖旁閒置於樹側桌面上的披風，以及她的粗布衣裙她的背影，已露疲態，裹在秀髮上原可漂白的頭巾已不再清朗，也暗啞透露但求稍喘稍歇的倦意。與她對座，默對盤餐倒酒的男人，神情落寞，自腮幫白鬍與頂上呢帽可見他的辛勞歲月，隱現汗氣的襯衫，乍令他背後的綠樹柔風似有還無，而留下不去的，彷彿是那綿綿長日，日色下漢子背後水邊，年輕母親與幼兒遙對海上帆舟，而桌旁腳畔草坪上，是閒閒覓食的雞鴨。

Adolphe-Félix Cals 的一筆一畫令我對畫良久，令我悠悠步進畫中年代，這是我千里迢迢意欲重訪的諾曼第。《午膳於昂花》懸掛在巴黎 d'Orsay 博物館。這畫家的作品不算多，只有兩幅與我的感覺合調。《Le Dejeuner à Honfleur 午膳於昂花》是其一。另一幅是欲語還休，斂抑心事的少婦畫像。而聖羅蘭，喜歡 Marcel Proust 的聖羅蘭，對 Honfleur 的感覺必然更深，所見不只於此吧。

講歌

電影裡的歌曲與配樂若與情節畫面配合得宜，自然令人難忘。沒認真數過共有多少電影音樂令我油然有感，能令我有所思的，豈只一二。

《From Here to Eternity 紅粉忠魂未了情》這電影沒人會忘記，電影裡的軍號予人印象深刻。軍營外，不少人演奏，有配上俗氣節奏，或墊以做作朗誦。莊重軍號如此這般被抹殺，實在令人費解。

我有一張四十五轉小唱片，是電影原聲帶裡面的軍號，每一回在唱機上轉動，腦中必然重現電影中孟甘穆利奇里夫吹奏軍號的側影，他思念那短暫而銘心的友情，將對亡友講的話藉唇邊喇叭揪心傾吐，自那號角聲，可感聞沉在他心底的唏噓，難以言盡的短短數句所吐露的友情，蘊含不朽的存在感。不知前途何寄，從此而至永恆的懷想，盡在號角聲中。

多年前，只看過一次黑澤明的《流芳頌》，幾乎未劇終，已自叮嚀須好好再細味這電影，可始終無暇重看。如今提起，距初看時已好長一段日子，可那裡面許多片段並未在腦中淡褪。彷彿昨夜猶現眼前，猶見老人在小舞廳內，推椅起座步向珠簾另一邊的小舞池，龍鍾的他穿過珠簾，又在簾那邊轉至畫面外；而他去後，曾於剎那順應他蹣跚挪身的串串垂珠，如曾被微風輕抹的垂柳，軟無力地拂動吊動，緩慢的有一下沒一下，如將息止的未完說話。

小舞廳那邊，清酒下肚後，老人心有所感，含糊醉唱，那情景至今猶在我腦中角落低迴；我又依稀見猶豫微動的鞦韆上，老人對年輕姑娘低低吟唱，依舊是那首歌那首歌。

那回，在幾乎無人的電影院內，旁座友人答應送給我這古老曲子。他幾番去日本，幾番空手回；未知是無心抑或沒時間，沒去找抑或找不到；可能歌已非時尚，沒人肯費心重錄區區一首老歌。

終於難耐，我畫餅充飢，買《流芳頌》影帶，以及英文腳本。每翻書頁，必讀那幾行歌詞，讓老人在憶念中含糊哼唱。畫面上很有詩意的譯詞，惜已朦朧，我嘗試翻譯，設法探知譯詞是否達意，為要感覺歌詞中如詩心境，我重複細念，人也彷彿在鞦韆上迴盪低唱：

生何其短呀
戀愛吧至親的姑娘
趁朱唇潤潤
在愛已無力之前
為那不存在的明天
生何其短呀
戀愛吧至親的姑娘

趁烏髮油油
在心無所動之前
為那不存在的明天

而我聯想到，那些未經風暴不諳世情的男人，若憑此歌寄情，說不定只為挖空心思表達未成熟的感情。黑澤明電影中的寂寞老人，夕陽漸逝，正望有人關愛，恰好邂逅年輕的姑娘，姑娘無視他兩鬢飄霜，帶他溜冰去；滑倒之後的摻扶，引致孤獨的他道出與生命的戀愛。如歌的呢喃：趁朱唇潤潤，趁烏髮油油，在愛已無力，心已無所動之前，只盼這當下活得徹底。借歌寄意，釋出對自己說的話，悲愴中見摯情，老人低吟時，自黑澤明的特寫，自老人眸光，我見茫茫滄海。

一個人的食經

多倫多一條小路上，有一家從香港來的南貨店，是夫妻檔。二人原籍浙江，已在加拿大扎根四十多年，幹的是從前在香港的老本行。香港店鋪起碼有一兩個夥計幫忙吧。我不由得想到從前喜歡去加連威老道，還有北角以及九龍城街市旁邊的南貨店。想到那些年香港的風光，腦中必現南貨店內冰箱裡的大閘蟹、盆子內浸著的鮮筍、吊起的火腿，還有豆瓣醬呀油呀玻璃瓶內的蘿蔔呀，林林種種，實在目不暇給。在大閘蟹的高峰期，有些人租個樓梯口擺檔賣大閘蟹呢，店或者不大，可是充滿生命色彩，是周遭噪音添加的色彩。未知多倫多小店內那兩位老人家可有想當年。

眼前這老店說小不小，深而寬大，我見最多客人的一次只有五六個，不禁為他們擔心。可是轉頭見老太太神態自若的與人聊天，看上去心無牽掛，那優遊的閒靜令人感覺舒泰，是那和平氛圍令老主顧閒來串門吧。

這條短路只有六七家店子，不在唐人街，可都是唐人店子。中藥店餃子店麵包店理髮店台灣食品專門店。進這南貨店來的，不乏新舊移民，信不信由你，新也好舊也好，沒一個呱呱嘈，可能被有教養的店東感染了。有些客人肯定比我多想頭，尤其逢著節日。我進那店，只顧捧可佐烹調紅燒肉的加飯，只顧得拿可泡製老虎蝦的竹葉青，間或念香港館子裡的對蝦，伸首進大冰箱檢老闆煮好的小菜醃好的肉，摸摸瓶摸摸罐，自然而然挽著大包小包出門去。

一次從店裡出來，聞車門大力被關上的巨響。我敏感轉頭，見一穿著短褲的矮胖子，拎著個小包磨磨蹭蹭步出街頭，那背影令我想胡金銓。

那天他穿著短褲帶我去九龍城寨邊上的肉檔，買碎肉回義本道，樓頭窗畔他教我包餃子，心不在焉我想城寨肉檔的手搖碎肉機。嫌我動作慢，他說沒見過女人的手指頭像我的笨。啊呵，因這話我特意挑他包的餃子，說只有那味道好，把他氣得胖肚鼓鼓漲。又那麼一天，拿到幾百塊錢稿費，跑去北角專門賣大閘蟹的樓梯檔，拖大籮大閘蟹上義本道。到得那兒，他已召來戴天蕭銅徐訏楊凡譚家明，還有剛好過港回國回台的兩名歐洲教授。他見蟹以外有小胡蘆瓜五粮液，傻了眼，不敢相信，對戴天喃喃：這婆娘怎麼懂怎麼懂。好啦！婆娘的男友一天不曉得哪兒弄來澳洲大龍蝦，掛個電話給胡金銓，我們直上火炭他的家；好隣居喬宏和曾江都來了，聽他們以標準國語天南地北的閒聊，但覺鮮活的龍蝦格外可口，啖酒品嚐，我醉然，奇問那向來亂七八糟的書架怎麼突然端莊如淑女。曾江說有女作家來幫他好好打掃了。話未完即調侃。啊那無拘無束的日子真令人懷念。之後一天聞說胡金銓娶妻，我也移居海外。若干年後，一個早上在海運大厦的「十字路口」相遇，他蹣跚前來，沒精打采問：「可以請我喫兩只鷄蛋麼？家裡不讓喫。」我拉他去漢口道的Lindi's。喫猶太人的Bagels。原想勸他忘記煩惱，然不知底蘊不好講話。顧左右我說喜歡那邊那爿牆，滿壁的徐娘紅，又說逢著苦悶就喫，唯喫可解憂，去到那兒喫那兒吧。他冷靜問：怎不見妳發胖？我說掌店的猶太徐娘要來了，會在紅壁前卡座上玩孤獨的紙牌遊戲。他訕笑問：要我喫到她出現呀！

想他重提對生活的興趣，跟他說在廣州書城買線裝《隨園食單》，他沒答腔。有時翻閱「隨園食單」，想那天若他心情好，來暖一壺酒，談談一個人的食經。

那天，去多倫多小街的夫妻店，特意買酒釀，因在韓國店買到北歐的白魚，回家用葡萄油淺淺輕泡，餘味暖胃暖心，想起袁枚曾烹白魚，拿他老人家的食單看個仔細，恍惚嗅到菜香。召部車奔向這店來。未道明來意，老東家以為我要酒釀湯圓呢。閒話少說，且看袁枚煮什麼：

喀——白魚肉最細。用糟鰣魚同蒸之，最佳。或冬日微醃，加酒釀糟二日，亦佳。余在江中得網起活著，用酒蒸食，美不可言。糟之最佳，不可太久，久則肉木矣。

中外古今那麼多食經，袁枚的《隨園食單》最適合又懶又貪饞的我。最怕講究長如蛇卵的食譜，左搭右配令人眼花繚亂腦筋打結。有年聖誕禮物中，竟然有人送給我撐起厚重烹調書的木架，說是設想周到。寶貝，瞅一眼我已腳軟，還是袁枚老先生可愛。老人家毫不嘮叨，三言兩語程序分明判色知味。不用依照老外那樣子左幾百度右幾百度的計較爐火，更毋用放個計時錶在灶頭左右。總之，老人家教落，燒兩枝香，頂多再加一枝搞掂，乾淨俐落。加水不加水自然有吩咐，食單中介紹的菜式我沒有逐樣研究，細讀已感滋味。

那好，再來一味假蟹：

煮黃魚兩條，取肉去骨，加生鹽蛋四枚，調碎，不拌入魚肉；起油鍋泡，下雞湯滾，將鹽蛋攪勻，加香蕈、葱、薑汁、酒，吃時酌用醋。

就那麼簡單，就那麼簡單。

人生本該如此。

牢牢記

尾班火車業已揚長去，紅磡車站前望穿秋水，不見一輛出租車，不得已，電召朋友來接。朋友衝著冷夜趕至，同樣候車的兩個陌生人，朝我們投以羨慕目光。好心腸的朋友揚言會回來載他們一程。那膚色黝黑的漢子與瑟縮著身子的女郎，沒丁點反應，照老樣冷冷的立在那兒。

溫暖車廂中，我想年輕的我，在那不知天高地厚的早晨，趕著乘搭離開巴黎的飛機，卻不巧公車罷工，酒店職員沒辦法為客人張羅出租車，愛莫能助。跑到大路上張望，掠過眼前的出租車沒一部不坐滿人，十二萬火急衝回酒店餐廳，幾乎未站穩即已揚聲叫問：「哪一位有車送我去機場？」

兩個年輕老外請纓相送，駛著小房車在巴黎的大街小巷亂竄，可那早晨的巴黎幾乎水洩不通，眼看飛機會得跑掉，在前座他們倆嘰哩咕嚕急急商議，當機立斷把我送去火車站，趕乘特快火車。

十分乾淨俐落，著實刻骨銘心，說什麼都絕不忘記。

此生幾乎年年驛馬動，幾乎沒一次不一仆一碌趕車趕飛機，沒一次汲取教訓，永遠依然故我，最後一分鐘才抽起條筋出門。那年趕飛機去美國試婚度蜜月兼註冊，三合一不亦樂乎，可是在趕飛機的前一夜，臨急抱佛腳作最後衝刺，連夜通宵達旦趕寫陳欣健的《牆內牆外》。講好在我下山去機場之時，經過山口他的家，擲劇本。結果弄到最後一分鐘才趕出門，差點兒讓飛機跑掉，也差點兒錯過會合的時間與地點，差點兒害那準備海誓山盟的李先生獨在異鄉為異客。

火車輪船飛機，每當我危危趕及，腦門前總閃現幾十年前，巴黎那早晨的繁忙影像；後車催前車移動的響號，法國人的單字粗口此起彼落，是舒懷的M大調交響樂；兩年輕人充滿生命力的法語，絮絮叨叨含怡神韻律，本來為我著急的模樣，因那合拍合調的輕鬆小動作顯得格外灑脫，令後面座位上，與他們年齡相仿的我，不禁為自己的年齡而乍感羞澀。那早晨車廂內的精神，車外的面貌，在我腦中留下印記，至今如在眼前。

還記那早晨，拖着行李抽著包包挾住劇本，我裙甩褲甩趕急出門，未兩步回頭回身，因見祖父門前依依；來陪他打麻雀的大聲公，問：「佢去走難呀？」

祖父莞爾無言，轉頭瞧我的眼神，是祝福、是叮嚀、是擁抱，教我牢牢記住。

有一回在巴黎

心神恍惚打開手機，意外見掌上小屏內畫家筆下的夜色巴黎：馬路上稍拈長裙姍姍移步的淑女，帶出今日已經不存在的優遊意象。今日難得一見的馬車在畫中施然過，馬蹄聲似有還無，配樂是近年令無數愛樂之士不勝依依的《玄祕曲》，一些人屢掛唇邊的 Erik Satie 作品 Gymnopedie。

此曲令眼前耳畔的音與影感覺如一，猶如時下淑女喜嘗的法式甜點 creme brulee，惜乎那畫調如半溫紅茶，欠異采的琴音也捕捉不到 Erik Satie 賦予此曲的神髓，且放下強差人意的音樂與畫作，且說畫中暮色蒼茫的燈影濕地，那天際似有還無的溫柔，倒令我憶念與畫中年代迴異的時段，那似近猶遠的巴黎黃昏。

黃昏下課，我加快腳步，步往街角的 Le Dome。才掠過店前冷托生蠔的碎冰，已見溫煦燈光下他的側影，落地玻璃澄明他靠軟座微笑。是那黃昏那散漫的課餘時分，不知怎地提起 Modigliani。談到這畫家愛在這典雅的特定角落泡酒泡咖啡，言間他彷似日昨巧遇 Modi。二人娓娓細談這幅那幅畫作，我聽著，恍見二人身影，在那邊角落一見如故的絮絮叨叨。

那年在那燈影下，Le Dome 既給他靈感亦予我靈犀。自他離去後，我不只一次回巴黎，不只一次意欲回那角落稍坐片刻，又不只一次心底下總有莫名的緣由，令我騰不出分秒令我卻步。兩年前不知怎地途經那兒，驀然抬眼，乍見 Le Dome 門前冷清，玻璃內的落寞燈影，已失邀客雅意。意興闌珊我續上路，踽踽獨行念從前，迎面來的風令人難過，舉目如見，朝他問：你可記得那些年巴黎的風華。

今日遠舍房中依稀可聞昔日的侃侃笑談，然我見牀前淡漠存在的便鞋、椅上薄衣孤寂，如了無言語的素描線條；目下迷惘牽出的琴音，與手機小屏上，Edouard Leon Cortes 畫筆下的靄黃燈點，點出催途暮色，思緒徘徊間，不知怎地念及我喜歡的 Utrillo，他清淡的畫意，那白日之下的蒙馬特，山上迂迴小路，路盡處，房舍屋脊間聖心院稍探白頭；漫步進畫，畫中彷聞往昔我倆的跫音，小道旁他驀地駐足，面對眼前似曾相識的粉牆，他提到 Melville 的 Le Samourai，說電影裡亞倫狄龍在這牆前過馬路，以為他這就要牽我手，可那句話之後他不再有話，沒有移動，但停身抽煙，Gitanes，無嘴的吉卜賽女郎。

那抽煙的側影，令我翻開 Utrillo 的畫冊，重訪那似曾相識的粉牆，靜日轉身無人過，小路彎途如在眼前，我又依依欲去。

掌中琴音隱約，似聞他低喚低囑，恍惚恍惚我回那久別黃昏，回 Le Dome 那燈影軟座，似他身畔翠葵我柔然頷首，又如几案上他提起放下，年代久遠的

Chateau LaFite。酒意醇香，然酒已去半，我又如他煙灰缸沿消待的煙卷，留不住既往分秒。

念愛玲

感覺
不因妳遠去而長眠
思念
不因我無言而湮滅
緣份
以續萬年寄汝萬年期許

黃愛玲走後，那鋪天蓋地懷念她的文章，那撼動的激情，直有普天下同聲一哭的感慨。那早晨，三聯李安聞訊後來電話問了又問，不願相信，因日昨才在紀念費明儀的晚會上見愛玲。愛玲的真摯令她感覺親切。愛玲講辭內容的考究令她佩服。

「那敬業的不苟精神不像將要撒手離去。她沒有對稿講話，資料好豐富呀。有條不紊的鋪陳，可知她下了不少工夫。那麼忙，那麼弱，沒講稿，看上去就是倦一點。怎麼可能這就走了？不可能呀。」

李安說愛玲當夜就坐在她身旁，滿心歡喜告訴她要搬家了。兒媳會住在樓上，一家子又會同住了。滿心歡喜的說著說著，留意到李安肩上髒了，禮貌地指出污點，又瞬即爽朗伸手拍去塵埃。

「我仍感覺她輕輕拍我，很真切的關心。那晚上那許多人在我身前身後在我旁邊，怎麼只有她看見？」李安哭著憶述，哭著問我怎不說話，問我想什麼。

我想愛玲。

不只一次她和我說：趕快寫，等著看。到此刻我才對這話格外有感，彷彿她在我肩上輕輕拍了一下。

那天陽光美好，愛玲透過手機讓我瞧瞧她家門前的老蝸牛。瞬間我思前想後，恍見自己橫臥杆欄，目迎目送她出門來進門去。

她大概不曉得我曾自比為蝸牛。至今沒告訴她三十多年來我遷徙十八次。遠渡歐洲美加跋涉至南洋，個中苦樂，唯目下憩息杆欄的蝸牛知我寸心。

一日午前，愛爾蘭客舍小園中查看手機，如推開窗扉，乍見愛玲陽台欄畔盈盈花枝，蟹爪蘭欣然舒展生命的韻律。花葉之下，她一句按語勾勒煥發的前景，以及令她滿心歡喜的家園：

The first blossoms of flowers from our modest home。

看圖有感，欣聞簷角鳥聲卿卿，不禁問：「妳那兒環境幽雅，可又那麼膽小，不怕有人爬進屋麼？」

短語送出，不消半個時辰，她夾字回話，氣定神閒：「從法國回港後，除了期間三年住市區，我一直住村屋，從大圍、大埔到西貢，都是可以『爬進屋』

的，不喜歡『離地』。」

這話令我記起她曾經長住法國澳洲。抬眼望遠林，不禁為同是蝸牛托世而微笑。深信懂生活藝術的她，生活必然多采而瀟灑。正如她給蝸牛的註釋：「優遊自得。妙！」

我因此更期待她傳來怡神的生活寫照。哪想到，隨後的圖像竟與先前那張相似，正錯愕，即聞欣躍鳥聲在我指掌下啾啾催行，初看疑是花葉柔移，瞧清楚方知愛玲藉錄像代言，而花間鳥語婉轉如旁述：

瓦盆下排列的紅木板以至盆中紅花色澤的異同，出乎一般想像，那不言而契合的和諧令我神往；且任她執鏡的韻致援引我，至玻璃牆外細賞偎依屋腳下的茂密綠葉，放眼見令我心曠的遼闊空間，自井然有序的菜田更感作息之樂，盡目是矗立遠隅的幾排村屋，以及逍遙自在的崗上木寮，我無比欣羨也因而明白，愛玲心無罣礙文字秀雅，並非只因文學電影的教養與修為，那寓於天地之間優遊自得的生活，必然賦予她無限養份。有幸被愛玲價值觀潛移默化影響的，豈止你我又豈止一二。她卅年的女友「靜寧」說：

「每一回見她，我感到洗滌了塵囂。」

那難以言表的感染力，寓於她傳來的影像，見諸她寓所遙對的高嶺上，晨霧翩然飄過，旁慕的山巒莫不動容，只因曾經她輕柔的眷顧。

愛玲大概知我將見她所見，沒有畫龍點睛，只給我兩句引子：「花下線條花外風景」。

這短短的片段我一直留著，不只一次重看，看時彷彿立身小陽台，見愛玲所見，感覺與她同呼吸。有時緬懷我法國故居的朦朧清晨，臥房木窗雖閉，猶可自窗外鳥語幻見曦微曙光；又不免想，即或有緣回歸，舊時辰光不再，婉囀鳥鳴恐已變調。

這感覺我可沒對愛玲說，只傳給她 Joni Mitchell 二〇〇〇年的錄音

〈Both Sides Now〉。愛玲反應出奇神速，可能因為有很多話要說，可能從年輕Mitchell 六二年所見所想，聯想到我們的昨日與今時。今時JM的嗓音，令同一首曲詞蘊含生活過來的滄桑。愛玲感喟日月如梭，體會到已步入中年，對年老年少的得失她不無感慨，可又無負面的悲嘆。唯對一把年紀的美國人天真地堅持正向思維，她又不敢苟同。這短簡她以英文書寫，不管是以中文抑或以英文抒發她所思所想，字裡行間都透著愛玲獨特的韻致，我讀時彷聞其音色，如見其人。

記得那農曆年初二，見旺角的暴力亂象，我情緒波動不已，亟欲找一個可以平衡我的人，和我說說話。煩悶中傳給愛玲一段錄音 Valentina Lisitsa 的鋼琴獨奏。那許多版本的 Consolation，她不是最好。可奇怪，她令我感到「慰藉」。愛玲在欣賞之後，來字：「Lisitsa 很 soothing，像飄過的一片雲。近日四周氣氛勁差，有時真令人沮喪，在這時候，藝術簡直就是我的宗教。」

以影像她傳所思，我以音樂傳我所想。沒問她可曾評論波蘭斯基的蹩腳電影

《The Pianist》。先讓她從戲中鋼琴音樂比較，誘引她多講兩句電影，送傳九十二歲的 Menahem Pressler 演奏蕭邦的C小調夜曲。果如所料，Menahem 令她陶醉，對波蘭斯基她可是隻字不提。一如她的電影評論，原則堅守，持美學觀點引發人欣賞導演至善一面，不吐惡言。

在與她獨對的飯桌上，我曾數落這個那個導演不濟事。從她的眼神與微妙反應，我知她心裡明白，可她始終沒答腔。寧靜的臉上永遠是安撫我的雅淡微笑。

去年三月回香港，約愛玲與眾女友飯聚，時間早定，愛玲也特別選好地方，焉料我因急事須趕回多倫多，飯局取消。以為遲幾天回港再約，那料我回港才兩日，又因病進醫院。之後，沒機會再聚，間或抽閒問好，都忙來忙去。一日，她突然來話，說的輕描淡寫，然而在我腦門上已亮紅燈：

「保重保重，是感冒嗎？希望不嚴重。」她說：「我們現在的身體就像一隻薄薄的玻璃酒杯，碰不得。我今年也是黑到痺，本來八月初去東非，七月底突然輕微中風，去不了。前天又突然在家裡昏倒，摔折了手踭骨頭。現在又進了醫院。為之氣結，只好看書解悶吧。」

什麼書？《The Hours》？怎有此聯想。沒聽說她喜歡讀劇本。睡得好吧。Philip Glass 為《此時此刻》搞的配樂或者可以催眠。要聽聽麼？放下沒勁的文稿給她兩行字。以我土法煉鋼的伎倆教她自我檢查自動降壓，叮囑切勿小覷骨質疏鬆小中風，又隨即醒覺遠岸迢迢的關心真個老土。遂閉嘴。然我未搖頭她已失笑，教我放心，因有醫生跟進，十分灑脫。未幾聞說她吊住腕臂講電影去。不敢相信還得相信，因收到她以短語自嘲：

「我們現在就如 fragile 的托運行李，要 handle with care……」

正要回她兩句逗逗趣，她忽然說人在平遙。我還未弄清楚平遙在哪，她卻驀地傳來手機剛好捕捉的剎那影像：「瞧！離開連日昏黑的放映間，猛抬頭，平遙的高牆藍天赫赫然映入我眼簾。」

啊！優遊自得，擁抱生命是她的天賦。我為拉近距離，回溯歷來交流的短語。當中幾句不知發自何時，乍令我納罕。

「外面大環境，歷史有個人難以解拆的方向，我們最緊要愛惜身體、守護自己精神上的小家園。」

從前她偶爾會得對一些事看不順眼而月旦兩句。後來似已無力無心，縱然微有感喟，又瞬即轉話題：知我善感而衝動，不容我有思過半的空間，緊接著提醒我翻出她欣賞的電影，找呀，找來看看。我卻找到當日不知緣何走了眼的幾句：

「我真是一隻蝸牛，慢，慢，慢，手頭上有一點點事，就只能專注一事，哪怕只是一件芝麻綠豆小事……」

一句話令我重見她家門前的蝸牛，雖曾聯想與她同是蝸牛托世，可我自知，她的毅力我拍馬難追。起碼她專注一事，我無一事專注，譬如朝露。正想追問她人在平遙在香港，叮咚一響她來字告知：「人已在紐約，要接老爸回香港，翌日上飛機。」無定向的行蹤令我敏感。問她可會移民。

「不！不會離開。我對香港有感情。」氣定神閒，說的泰山不移。可她掛線後，我內心虛空，連月來沒一篇稿寫的愜意。怎的如此怎地如此。我不明所以。

她不聲不響走了。聞人說她隨夢而去。因她嘗說夢。「夢如人生的窗口」，她喜歡的伊朗導演雅博思耶魯斯坦米如是說。我也喜歡雅博思，依稀記得他另一番話：

「我們都是百代的過客，有人中途下車。有人待至終站……」

與她相依相伴四十餘年的雷先生說：「她愛美，所以大去之時仍然寧淡，很美。」

話中感情令我日來飄渺的幻覺漸見輪廓，彷聞列車的氣笛揚翔，彷見她在頭等車卡舒適的軟座上坦然安坐，意態優雅的閉目養神。

去年夏末，讀一位妻子懷念丈夫的詞句，令我想起俄國詩人雅赫瑪杜娃寫她在監獄高牆外的人龍中苦候，冀望日落前得見獄中兒子。我兩番去聖彼得堡，終於見 Akhmatova 在水之湄的小房舍。跟舊照大不相同呀，我向愛玲埋怨，她可是別有懷想，以一大串英文抒發她當下感觸：「我從來沒去過莫斯科，可我經常幻想乘坐穿越西伯利亞的特快火車，從北京去莫斯科。我幻想的另一班列車是從巴黎去伊斯坦堡的東方特快。看來我只好讓那兩班車留在夢中。時間已然轉變，有時候，能讓意念舒服的留在記憶和幻想中會得更好。」

既提夢，也提到火車。含思婉轉，意在言外。當日若細味這番話，與她多聊兩句，這陣子我的幻想可能沒那麼渺茫。起碼給他們拿去燒的長文不會詞不達意。報端那篇文章的尾巴不至於把 Siloti 誤寫為 Philip Glass，也不可能將準備扶靈的黑裙留在多倫多。

扶靈前一晚近凌晨才發現行李箱內沒有黑裙，驚動了愛玲的丈夫兒子。第二天九點鐘大殮前讓我將愛玲的黑裙套在身上。處變不驚，這是雷先生的本色吧，我彷彿聽見我問愛玲。靈台上黃花堆在愛玲的球鞋下。靜室肅穆，愛玲的呼吸依稀可聞，黃花簇擁在偌大的遺照腳下，如在膜拜；背著格子窗她嫺雅的坐著，在想什麼，看見什麼。

說也奇怪，披著她的黑裙坐在靈堂那椅子上，月來虛空的感覺漸退。瞧見她遺像雖仍感傷，心腦的紊亂卻似乎不知不覺自動釐清。雷先生忽然走前來向我招手，拉我去愛玲躺臥的小室，在那二十來步的短途中，他溫文囑咐：「妳和她說說話，摸她頭髮又或捉她的手，可別撫摸她的臉呀。」

前一天鞠躬之後，法語歌曲隱約可聞。偶聞一節古典音樂，樂韻含糊難辨，然而令我領會愛玲的修養與品味，令我想起十八世紀德國作曲家葛魯克的著名歌劇《奧爾菲和尤麗狄茜》。奧爾菲拿著長笛去冥府，以他的音樂打動冥神，讓他帶尤麗狄茜回到人間；大殮之前讓我進那小間，可會讓我輕哼那一節予我遐想的音調？

我見鳥兒振翼飛翔，我的片言隻字因而落在舊照中那林蔭路上，她回首轉身微笑，笑與身姿都微帶清風，我聞林間鳥語，又彷彿見她轉腕舀手，優雅地接住我送傳的小葉，飄到她髮鬢的小葉，就留在那兒留在那兒。

奈何我所想似無著落。小室出奇的靜寧，沒有可作夢的樹蔭。沒有去莫斯科去士耳其的列車。連日連月的幻想猶如已斷線遠逸的紙鳶，安睡的愛玲似乎比前一天更祥和，從飽滿的嘴唇和下巴顯見她已然意足，似乎想說：「一切明了。」撫她額前劉海，輕喚兩聲，她無由甦醒，如她所言，時間已轉變，讓憶念抒懷，留在記憶和幻想中豈不更好。

長短句

作者 陳韻文
封面設計 黃仁逵
編輯 駿馬揚塵編輯委員會
出版及發行 陳湘記圖書有限公司
香港葵涌葵榮路40－44號任合興工業大廈三樓A室
印刷 新設計印刷有限公司
出版日期 二〇二二年六月初版
國際書號 978-962-932-201-4

上架建議 香港文學：散文